鬧鬼

圖書館10

地下城幽靈

愛倫坡獎得主桃莉‧希列斯塔‧巴特勒作品

范雅婷 ◎ 譯

晨星出版

幽靈語彙

膨脹 (expand)
幽靈讓身體變大的技巧

發光 (glow)
幽靈想被人類看到時用的技巧

靈靈棲 (haunt)
幽靈居住的地方

穿越 (pass through)
幽靈穿透牆壁、門窗和
其他踏地物品（也就是實體物品）的技巧

縮小 (shrink)
幽靈讓身體變小的技巧

反胃 (skizzy)
幽靈肚子不舒服時會有的症狀

踏地人 (solids)
幽靈用來稱呼人類的名稱

嘔吐物 (spew)
幽靈不舒服吐出來的東西

飄 (swim)
幽靈在空中移動時的動作

靈變 (transformation)
幽靈把踏地物品變成幽靈物品的技巧

哭嚎聲 (wail)
幽靈為了讓人類聽見所發出的聲音

第一章

拜訪西雅圖

「凱斯，你看！」小約翰從克萊兒身旁的窗戶往外看，「我們在雲朵上面了！」

凱斯才不想看呢！他、小約翰和克萊兒正在搭飛機，克萊兒之前曾搭過飛機，但是對幽靈來說這是新體驗，而凱斯不太確定自己是不是喜歡這種新體驗。

「要是能穿越過雲朵，那會是什麼感覺呢？」小約翰說，又往窗邊靠近了一點。

凱斯把他拉了回來，「我們不會想知道的。」他說。

克萊兒對飄在她上頭的凱斯和小約翰微笑，她不能跟他們說話，因為旁邊太多人了。周遭這些人沒辦法像她一樣看見或聽到幽靈，所以會疑惑她在跟誰說話。

克萊兒和她的幽靈朋友正要前往西雅圖。克萊兒的父母參加私家偵探大會，凱倫奶奶則要參加圖書館員大會，所以他們安排克萊兒這週到貝絲阿姨與麥蒂表姊的家度過。

在認識凱斯和小約翰之前，克萊兒住在西雅圖。那個時候她隨時都可以看到貝絲阿姨和麥蒂表姊，因為每當父母出門在外時，都會託她們照看克萊兒。但是克萊兒一家為了和凱倫奶奶多相處，去

年搬到了愛荷華州。這是克萊兒第一次重返西雅圖，也是第一次沒有跟父母一起旅行。

週五就是萬聖節了，這個時候拜訪貝絲阿姨和麥蒂表姊真是太棒了，克萊兒想不到比這更好的拜訪時機。麥蒂是西雅圖公立圖書館的青少年顧問委員會的一員，他們計畫在圖書館內通宵舉辦萬聖節狂歡派對，他們會在派對上講鬼故事、舉辦手工藝活動和玩遊戲。一想到這，克萊兒就迫不及待想參加了。

「小約翰，記住喔！你說過如果跟我們一起到西雅圖，你會乖乖聽話的。」凱斯說。

「我現在就很聽話啊。」小約翰回答。

「不能發光、不發出哭嚎聲，不准故意嚇踏地人，」凱斯說：「也不准穿過飛機窗戶！」

　　「我只是在看窗外風景而已，」小約翰說：
「我又不會穿過去，凱斯你放輕鬆嘛，我們可是在
度假耶！」

　　有個令人擔心的弟弟，凱斯要怎麼放輕鬆呢？

說實話，凱斯很驚訝爸爸媽媽竟然同意他和小約翰一道去西雅圖，畢竟他們家遭遇了這麼多驚險的事情。

一年前，凱斯、小約翰和他們的大哥芬恩，還有爸爸媽媽、爺爺奶奶，以及他們的家犬科斯莫，一同住在一間廢棄的舊校舍裡。原本日子過得好好的，直到芬恩不小心穿越了學校的牆壁，然後被風吹走。

爺爺和奶奶試著救回芬恩，但是反而讓他們也被風吹走了。

幾個月後，校舍被拆掉了，凱斯和其他的幽靈家人也跟著被風吹走。凱斯當時以為自己再也見不到家人了。

那陣風將凱斯吹到小鎮上的圖書館裡，他在那

裡遇見了克萊兒，克萊兒和父母跟外婆一起住在圖書館樓上。

　　凱斯和克萊兒組成 **C&K 幽靈偵探塔樓偵探社**，為了同時破解神祕的幽靈案件和找回凱斯的家人，雖然花了一點時間，但是最後他們找到了所有凱斯的家庭成員。

　　但是，萬一現在又失散不見怎麼辦？萬一凱斯或小約翰在西雅圖走失了怎麼辦？

　　「這架飛機就像踏地人乘坐的水壺。」小約翰說，此時有個空服員走過他們下方的走道，一邊收拾著垃圾。

　　「怎麼說呢？」凱斯問道。

　　「因為如果踏地人想要去別的地方，他們就要坐飛機移動。」小約翰說：「如果我們想要去別的

地方，我們就要用那個來移動。」他指著克萊兒前方托盤上的空水壺。

凱斯同意小約翰的論點。

這時廣播聲響起：「飛機即將降落，請把您的椅背豎直以及將餐桌收起固定好。」

「我們最好快回到克萊兒的水壺裡。」凱斯跟弟弟說道。

「噢，一定要回去嗎？」小約翰問。

「對。」凱斯回答，兩個幽靈慢慢地**縮小……縮小……再縮小**，然後穿過瓶身進去了。

克萊兒把水壺夾在雙膝間，然後把餐盤收到前座的背板固定住。

「嘿！」小約翰對著克萊兒喊道，「我們想要

看窗外的風景。」

「你想我不想。」凱斯呻吟一聲，看到窗外的景色讓他感到病懨懨。

但是克萊兒還是把水壺舉到窗邊。

「謝啦，克萊兒。」小約翰說：「凱斯，如果你不想看就閉上眼睛吧。」

所以凱斯閉上了眼睛，一直到飛機安全降落到地上，他才敢睜開雙眼。

＊　＊　＊　＊　＊　＊　＊　＊　＊　＊

因為克萊兒沒有大人陪同旅行，所以有位空服員陪她走過繁忙的機場，凱斯和小約翰依然待在水壺內。

「我看到她了！克萊兒在那裡！」一頭亮紅色頭髮的少女興奮地揮著手，站在她旁邊的女士也跟

著揮手。

　　克萊兒露齒微笑，「那是我的表姊和阿姨。」她跟幫忙拉行李箱的空服員說道，然後奔向紅髮少女和女士，張開雙臂擁抱兩人，「嗨，麥蒂！嗨，貝絲阿姨！」

「噢！能再看到妳實在太好了，親愛的。」貝絲阿姨說，她也緊緊擁抱了克萊兒，接著她看向那位空服員說：「謝謝妳幫忙我的姪女。」

「這是我的榮幸。」空服員回答，她揮手道別後就匆匆離開了。

「妳在飛機上還好嗎？」他們朝停車場的方向走去時，貝絲阿姨問克萊兒。

「很好啊。」克萊兒回答。

她們搭電梯到地下二樓的停車場，然後走到一台藍色汽車旁。麥蒂把克萊兒的行李箱放進後車廂，麥蒂原本打開了副駕駛座的車門，但是後來選擇坐到後座，「難得看到克萊兒，所以我要跟她一起坐後座。」她跟她的媽媽說。

「我相信克萊兒也想跟妳一起坐。」貝絲阿姨

說道。

克萊兒點點頭，她繫好安全帶後把水壺放在大腿上。

貝絲阿姨發動汽車駛出了停車場。

「媽媽，」麥蒂身體前傾問道，「我這週可以放假，暫停自學一週嗎？我想跟克萊兒一起出去玩。」

「不行，」貝絲阿姨說，聽起來她對麥蒂的提議感到驚訝。「她在這邊大概也有學校的作業需要完成。」

「我真的有作業要做。」克萊兒說。

「很好，妳們兩個人早上可以做作業，下午妳們想要做什麼都可以。克萊兒，有沒有想要在西雅圖做些什麼事呢？」貝絲阿姨對著後照鏡裡的克萊兒微笑。

克萊兒聳聳肩，「我不知道，多數時間只想跟妳們到處晃，還有去參加圖書館的萬聖節派對，我真的很期待這次的派對！」

「不幸的是，這次可能辦不成萬聖節派對了。」麥蒂臉色一沉。

「什麼？」克萊兒問：「為什麼不辦了？」

「圖書館有些怪事發生，」麥蒂說：「孩子們覺得圖書館鬧鬼了，所以都不想報名參加。還記得在妳搬家之前，妳跟其他人說過妳看得見幽靈嗎？我那時不相信……但是……妳說的是真的嗎？」

「麥蒂，」貝絲阿姨笑了出來，「妳已經十四歲了，應該知道沒有所謂的幽靈。」

小約翰噴的一聲，然後在水壺裡發出了哭嚎聲，「*就是有……所謂……的……幽靈……*」

「小約翰！」凱斯斥責，趕緊伸手摀住弟弟的嘴巴。

麥蒂倒吸了一口氣，「剛才那是什麼聲音？」她往克萊兒的水壺裡仔細看，她聽得到小約翰的聲音，但是看不見他。

就連貝絲阿姨也轉頭看了一眼，她說：「克萊兒，發出那樣的聲音還真有趣呢！」

「忘記了嗎？不准發出哭嚎聲！」凱斯對他的弟弟譴責道。

小約翰垂下頭來，「對不起，但是我不喜歡聽到大家說『沒有所謂的幽靈』這句話。」

貝絲阿姨的視線再次回到行駛道路上。

麥蒂用手肘輕輕推了一下克萊兒，「剛才那是什麼聲音？」她又問了一次。

克萊兒往下瞄了她的幽靈朋友一眼。

「我應該要再發出一些哭嚎聲嗎？」小約翰問凱斯。

「**不行！**」凱斯說。

克萊兒身體靠向她的表姊，「我可以告訴妳一

個祕密嗎？」她輕聲地問。

「當然可以。」麥蒂好奇地看著克萊兒。

「我是真的看得到幽靈，」克萊兒輕聲說道，「其實，我帶了兩位幽靈朋友來，他們就在這裡。」她把水壺舉起來，「妳剛剛聽到的就是幽靈的聲音。」

「他們在裡面？」麥蒂睜大了眼睛，「那他們一定非常小。」她壓低聲音說。

「他們可以縮小和膨脹。」克萊兒小聲說道。

「真希望我可以看得見他們。」麥蒂也跟著小聲回應。

「妳們兩個小女生在後面說什麼悄悄話呢？」貝絲阿姨問。

「沒什麼！」麥蒂這時大聲說道。然後她再度壓低聲音跟克萊兒說：「這件事最好不要跟我媽說，她絕對不會相信妳。」

克萊兒點頭，然後語氣溫柔地說：「大部分的人都不相信我，我已經習慣了。」

第二章

幸會！
小約翰

「那跟我說說圖書館到底發生了什麼事。」

克萊兒說道，她們正在麥蒂的床鋪旁

架設折疊床。凱斯和小約翰就飄在兩

人頭上，「妳剛說小孩因為覺得圖書館鬧鬼，所以

都沒有報名參加萬聖節派對？」

「圖書館是真的鬧鬼了。」麥蒂把兩個枕頭遞

給克萊兒時說道。

「妳怎麼知道？」克萊兒問，她一屁股坐到折

疊床上然後拿出筆記本和筆，「妳看過圖書館的幽靈嗎？」

麥蒂說：「沒有，但是我聽過它的聲音，而且有好幾個人都聽到了，它住在小貨梯裡面。」

「小貨梯是什麼？」小約翰問凱斯。

凱斯聳聳肩。

「小貨梯是什麼？」克萊兒問麥蒂。

「小貨梯就是用來載書但是不能載人的電梯，」麥蒂回答：「裡面有個小車廂，如果想找的書在其他樓層，圖書館員可以把書放進去送到你在的樓層。」

克萊兒說：「嗯……好。」她在筆記本上大大地寫了西雅圖公立圖書館幽靈，然後在那些字的下面，她寫上住在小貨梯裡。

「所以妳聽到聲音是從小貨梯裡傳來的？幽靈的聲音？」

「對。」麥蒂說。

「它講了什麼呢？」克萊兒問。

麥蒂坐到自己的床上，面對著克萊兒回答，「它什麼都沒說，只是一直哭……一直哭……一直哭……是個很哀傷的幽靈。」

「為什麼她這麼確定那是幽靈呢？」凱斯問，有好多 C&K 幽靈偵探塔樓解決的案子，最後都不是幽靈作怪造成的。

克萊兒寫下哀傷的幽靈和一直哭，接著她問麥蒂，「妳怎麼知道那是幽靈呢？」

麥蒂反問：「不然還能是什麼呢？本來大家以為有真的小孩卡在小貨梯裡──」

「幽靈小孩也是**真的**小孩！」小約翰脫口而出。

「噓！」凱斯阻止小約翰，小約翰讓他聽不清楚麥蒂說的話。

「所以有人叫圖書館員打開小貨梯查看，但是裡面什麼人都沒有。」麥蒂繼續說：「但是當小貨梯打開時，哭聲卻變得更大聲了，而且圖書館內也

不斷發生奇怪的事，電梯和手扶梯會忽然間毫無緣故地不動，門也會自動開開關關。這一定是幽靈做的，妳不覺得嗎？」

「也許吧。」克萊兒說，她寫下表姊說的所有細節。

「如果妳可以看到幽靈也能跟他們說話，也許就能找出來為什麼它這麼哀傷，」麥蒂說道：「假如我們能找出哪裡出了問題，也許它就會離開，然後孩子們就會想報名萬聖節派對，這樣就不用取消派對了。」

「我會盡力試試看。」克萊兒一邊闔上筆記本一邊說。

「很好，明天只要我媽說我們功課做得差不多了，我們就去圖書館，」麥蒂說，她拿起克萊兒的

水壺試著往裡面看，「我不敢相信妳的幽靈朋友竟然可以裝進這裡。」

「喔，他們現在不在裡面。」克萊兒說。

麥蒂說：「不在嗎？那他們在哪裡？」

「*我們……在……這邊……*」小約翰發出哭嚎聲說道，「*就在……妳……身後……*」他開始發光。

麥蒂轉過身看，她嘴巴張得開開的，但什麼話都說不出來。

「麥蒂，跟妳介紹，這是小約翰。」克萊兒說，然後手伸向他。

「*嗨……*」小約翰發出哭嚎聲，他朝麥蒂揮揮手。

麥蒂露齒微笑，「嘿，我現在也能看見幽靈

了，跟妳一樣！」

「妳看得見他是因為他在發光，」克萊兒說：「如果幽靈想要讓人類看到就會這樣做，我的另一個幽靈朋友凱斯，他還不會發光。」

「不要提醒我這件事啦。」凱斯哀號說道，發光是他唯一還沒學會的幽靈技巧。

「但是他也在這裡，」克萊兒說：「凱斯，跟麥蒂打聲招呼吧。」

「*妳好*……」凱斯發出哭嚎聲，他試著發光，緊閉眼睛然後握緊拳頭命令自己的身體發出光來，但是跟往常一樣，什麼事都沒發生。

「嗨。」麥蒂說。

小約翰這時停止發光了。

麥蒂眨眨眼，「嘿，幽靈跑去哪了？」她問。

克萊兒說：「他還在這裡，只是幽靈發光要耗掉很多體力，所以他才停止發光。」

　　「妳的意思是他累了？」麥蒂問。

　　「算是啦。」克萊兒回答，她忍住哈欠。「幽靈不用睡覺，但是如果他們常使用幽靈技巧，體力就會下降。」

　　「說到睡覺，」麥蒂說，「妳看起來應該需要睡上一覺了。」

　　「我真的累了，」克萊兒坦承，「現在愛荷華的時間比這裡晚兩個小時。」

　　「喔，妳說的沒錯，」麥蒂從床上跳起來，「妳該上床睡覺了，我去跟我媽看一下電視，明天早上見。」

　　「明天早上見。」克萊兒說完後，鑽進被窩裡

睡著了。

✳ ✳ ✳ ✳ ✳ ✳ ✳ ✳ ✳ ✳

「哇！」小約翰在克萊兒的水壺裡頭驚呼，「凱斯，你之前有看過這麼高的大樓嗎？」

這一天是週二下午，克萊兒和麥蒂搭乘市區公車前往公立圖書館。

「沒有，」凱斯回答，「但是我們之前也從來沒待在這麼大的城市過。」西雅圖比他們在愛荷華住的小鎮大多了。

公車轉了一個大彎，駛進了一個地下通道，然後一路通過狹窄的水泥隧道，最後來到一個很大的地下月台，牆上有個標示寫著**「西湖中央車站」**。

當車子緩緩駛近車站時，克萊兒問麥蒂，「我們在這站下車嗎？」她們身邊的人紛紛站了起來。

「不用，是下一站。」麥蒂回答。

公車笨拙地往前移動，然後慢慢加速駛近另一個隧道，就在此時，有兩個幽靈身影從公車穿越進來，一個男幽靈和一個女幽靈。

那兩個幽靈一路飄經過克萊兒她們上方時，凱斯問：「他們是誰？」

克萊兒在位子上轉過身盯著瞧。

小約翰這時穿過克萊兒的水壺，他向其他的幽靈打招呼，「哈囉？」

「你給我回來，小約翰！」凱斯大聲命令道，「克萊兒和麥蒂要在下一站下車了。」

小約翰*膨——脹*到原本的大小跟在那些幽靈的身後。

「**小約翰！**」凱斯嘶聲呼喊，他穿過水

壺加速追上弟弟。

公車在另一個地下月台停了下來，麥蒂和克萊兒站起身來慢慢走向門口。克萊兒緊張地轉頭往後看，這時其他的幽靈已經穿越公車後方了。

「**不！幽靈，回來啊！**」小約翰在原地盤旋，大聲吶喊著。

「小約翰！快點回來！」凱斯說：「我們得趕快回到水壺裡。」克萊兒已經走到公車前方準備下車了。

「女孩們，往前走啊，」公車司機說：「我得按時發車。」

麥蒂用手肘輕推了推克萊兒，然後兩個女生步下了公車，留下凱斯和小約翰。

凱斯不知道該如何是好，他急忙在公車加速駛

離前，抓住小約翰褲子的鬆緊吊帶，然後穿越車頂把小約翰拉了出來。

「喔！很好，我們現在可以去找找剛剛那些幽靈。」小約翰四處張望著。

但是其他幽靈已經不見了。

「我們必須找到克萊兒！」凱斯說道，他掃視候車月台，但是人群中沒有看見克萊兒的蹤影。

幸好他聽到了克萊兒呼喊的聲音：「凱斯？你在哪裡？凱斯？」

「克萊兒！妳在哪裡？」凱斯呼喊回應。

「在這裡，在牆旁邊。」克萊兒回答。

凱斯抓住小約翰的手，循著克萊兒聲音的方向飄過去。

「她們在那裡！」小約翰指著兩個靠在牆上的

女生說。

兩個幽靈往下飄進克萊兒的水壺裡。

「太好了！」克萊兒說，她抱緊水壺，彷彿緊緊擁抱著兩個幽靈。

「我猜妳的幽靈朋友回來了？」麥蒂說道。

「對。」克萊兒說。

儘管現在他們已安全回到克萊兒的水壺裡，凱斯的心臟卻怦怦怦怦的跳得好快！「小約翰，你絕對不能再像剛剛那樣飄走！」他大聲警告。

「我只是想要認識剛剛那兩個幽靈。」小約翰說道。

「我們必須跟著克萊兒走，」凱斯說：「不然我們會在西雅圖迷路。」

「凱斯，你好無趣喔！」小約翰咕噥說道。

「而你非常不小心謹慎！」凱斯說。

到底爸爸媽媽在想什麼，竟然答應讓小約翰跟著他和克萊兒來到西雅圖？小約翰本身就是個專惹事的傢伙。

第三章

另一棟
鬧鬼圖書館

「**這**裡就是那間圖書館嗎？」小約翰從克萊兒的水壺裡問道。西雅圖公立圖書館，跟兩個幽靈之前看過的所有建築都不一樣，圖書館外牆全是玻璃，一部分的外牆以奇怪的形狀和角度凸了出來。

「一定是這裡了，」凱斯說道，克萊兒和麥蒂已經走進圖書館裡面，他忍不住讚嘆道，「哇！這地方好大！」

他們前方是鮮黃色的電扶梯，左邊有三台電梯，右手邊則有長長的借書櫃檯。櫃檯後方是一排又一排的書架。

凱斯同時注意到有台奇怪的機器，將書從外面的還書箱運送進來，再經由看似輸送帶的東西被送到天花板的一個洞，最後消失不見。

麥蒂和克萊兒兩個人走向電梯時，克萊兒開口問：「安卓雅還在這邊工作嗎？她是我最喜歡的圖書館員。」

「安卓雅是大家最喜歡的圖書館員，」麥蒂說：「你想要在我們找那個幽靈前，先去跟她打聲招呼嗎？」

克萊兒興奮地點點頭。

「好，去那邊也可以知道是否有更多小孩報名

參加萬聖節派對。」麥蒂說。

兩個女生經過一張桌子，有個女警衛坐在那，她正檢視著三個電腦螢幕。接著她們走到了一面玻璃牆旁，上面「兒童中心」四個字用紫色標示。

「哇，你看看這些書。」凱斯驚呼道。這邊的書遠比家鄉圖書館的書還多更多。

「你看這些玩具！」小約翰盯著一張桌子後方的大遊戲區，桌子那坐著兩個圖書館員。一群踏地男孩和女孩正一起把玩著一張桌上的大型火車模型組，其他小孩則是在分散坐在周遭的地板上，有的在玩拼圖，有的則在堆疊積木。他們的父母或祖父母，則坐在小孩子外圍的長凳上。

凱斯還來不及出聲制止，小約翰就穿越水壺，膨脹回原本的大小飄到遊戲區去了。

「你現在在做什麼？」凱斯問道，他跟著穿過水壺，並膨脹回原本的大小。

「只是到處看看。」小約翰回答。

凱斯飄到桌子上方，好讓他可以同時留意小約翰、克萊兒和麥蒂的動靜。

「嗨，安卓雅。」克萊兒對櫃檯黑髮的圖書館員打招呼。

圖書館員抬起頭，「喔，我的天啊！」她臉上綻放出大大的微笑，接著轉向另一個圖書館員說道，「麗奈特，妳知道她是誰嗎？」

「不知道。」另一個圖書館員說，她頭抬都不抬的繼續讀著雜誌。

「她是克萊兒‧坎朵爾，」安卓雅說：「每次的活動她都有來參加喔，但是她一年多前搬走了。

克萊兒，妳搬回來了嗎？」

　　「我只是回來拜訪，」克萊兒說：「我會來參加萬聖節派對喔！」

　　「太棒了。」安卓雅說。

　　麗奈特繃著一張臉說：「圖書館之前從來沒辦過通宵派對，」接著翻了一頁雜誌，「我不明白為什麼現在需要辦這種活動。」

安卓雅聽著有點訝異，她說道：「因為孩子們覺得很有趣啊，妳小時候難道不喜歡在圖書館過夜嗎？」

　　「我不太喜歡。」麗奈特說。

　　「現在派對的報名人數夠嗎？」麥蒂問。

　　「我想應該夠，」安卓雅翻找桌上的文件，找到她要的東西後，把它抽了出來，「現在有十五個孩子報名，雖然不多，但是也夠了。離派對還有三天，也許在那之前會再多幾個人報名。」

　　「耶！」克萊兒和麥蒂在空中擊掌慶祝。

　　「也就是說，我週五晚上必須工作了。」麗奈特發著牢騷。

　　「不要在意麗奈特說的話，」麥蒂帶克萊兒離開時輕聲說道，「我不懂為什麼她會成為兒童圖書

館員，我覺得她不太喜歡小孩。現在，我們一起去找幽靈吧。」

「小約翰？」凱斯喊道，「我們要走了。」克萊兒和麥蒂準備走向門口了。

「我不想離開，」小約翰說，他的眼睛盯著一個踏地女孩玩軌道上的火車。那個女孩留有一頭長長的深色辮子，看起來跟小約翰同齡。

「你不能自己待在這裡。」凱斯手插著腰說。

「我可以……跟妳……一起玩……嗎？」小約翰對著綁有辮子的女孩發出哭嚎聲。

凱斯倒抽了一口氣，「小約翰！你不是對那個踏地女孩發出哭嚎聲了吧？！」

克萊兒的腳步停在門口，她示意要麥蒂也停下

來，其他踏地小孩開始四處探頭看，他們看不見小約翰但聽得到他的聲音。

「*我 …… 就在 …… 這裡 ……*」
小約翰又發出了哭嚎聲，然後這次他開始發光。

「**小約翰！**」凱斯大喊，現在所有想知道聲音從哪裡來的踏地人都看得見小約翰了。

克萊兒和麥蒂走了回來，「那是……」麥蒂驚訝得說不出話來，她指著小約翰，但是克萊兒抓住麥蒂的手指要她不要再指了。

辮子女孩對著小約翰微笑。

一個坐在地上堆疊積木的男孩驚叫出聲，積木塔瞬間崩塌，他連滾帶爬的衝向自己的媽媽。

「傑克森，你怎麼了？」他媽媽問道，她一手抱著小寶寶然後用另一手摟著傑克森。她沒有注意

到小約翰，其他的踏地大人也是。

小約翰停止發光了。

「我看到幽靈了！」傑克森說。

「我沒看到有什麼啊。」傑克森媽媽說，一邊
拍撫著他的背。

「不要怕。」克萊兒走向傑克森時說。

「我有聽到一個聲音，」有位媽媽說：「有人
說『我在這裡』。」她皺眉頭轉身說道：「昆恩，
是你做的嗎？你是不是又想嚇其他小孩了？」

有個穿條紋襯衫的男孩從一面書架後方走了出
來，他辯駁道，「不是我！」手中還抱著一疊書。

「幽靈現在不見了，」辮子女孩說：「但是傑
克森沒有說謊，有幽靈出現，我也看見了。」

「我也是，」另一個女孩說：「那個幽靈是男

孩，全身都是藍色的，只不過是半透明的樣子。」

　　凱斯瞪著小約翰，克萊兒瞥了一眼她的幽靈朋友，不知道該怎麼辦。

　　小約翰縮小身體，「我只是想要跟那些小孩玩。」他小小聲地說。

　　「我不知道你們看到了什麼，但是我保證這間圖書館絕對沒有幽靈。」坐在桌子後的安卓雅堅定地說道。

　　「這個我倒是不敢保證。」麗奈特疑神疑鬼地說道。

　　「我聽說五樓有個會哭的幽靈。」一個跟克萊兒同齡的女孩說。

　　「我也在三樓看過一次幽靈，」一個金髮男孩說：「他有條鏈子，他會在其他人面前晃啊晃的，

鍊子發出嘎噠嘎噠的聲音。」

「真的嗎？」麥蒂問。

同一個女孩說：「有一次我晚上來聽作者演講，那個時候觀眾席裡就有一個幽靈。他讓燈一閃一滅，還讓麥克風發出刺耳尖銳的聲音，然後用恐怖的語氣說『現在……所有人……回家去』。」

此時穿著黃色無袖洋裝的女孩跑到櫃檯，對安卓雅說：「我改變心意了，」她對安卓雅說道：「我不想要參加萬聖節派對，我不要在鬧鬼的圖書館待上一整晚。」

另外兩個小孩子也跑了過去，「我們也不想參加了。」他們說。

「等一下，」麥蒂對那些孩子說，「你們不用

擔心幽靈，這是我的表妹克萊兒，」她把手放在克萊兒的肩上，「她不但看得見幽靈，還能跟他們說話喔！」

克萊兒看起來有點驚慌，因為兒童中心的每個小孩子都盯著她看。

「她會去跟圖書館幽靈談談，然後請它離開，」麥蒂繼續說：「你們不用害怕，可以來參加萬聖節派對，克萊兒，對不對？」

「對。」克萊兒有點不自在地說。

「是這樣嗎？」麗奈特說：「如果幽靈不想離開，要靠像她這樣的小不點勸它離開？我很懷疑。」

第四章

小貨梯鬧鬼

「**妳**剛才聽到了嗎？」克萊兒跟著麥蒂走向電梯時激動地說：「那個圖書館員竟然叫我小不點！」

凱斯和小約翰加速趕上她們。

「就像我說的，我不懂為什麼麗奈特會成為圖書館員。」麥蒂說：「她很懂書也懂科技，但是就是不懂小孩，我覺得她怕小孩。」

克萊兒看起來有點疑惑，「大人才不怕小孩

呢。」她說。

「有些大人會。」麥蒂說。

電梯門打開，克萊兒和麥蒂走了進去，凱斯和小約翰隨後跟上。

「幾樓呢？」克萊兒問。

「五樓，就是小貨梯在的地方。」麥蒂說，她的手繞過克萊兒按下按鈕，電梯門關起來後開始往上爬升。

「哇，這棟圖書館竟然有十一層樓！」小約翰盯著電梯樓層按鈕讚嘆。

「好多樓層喔！」凱斯說，他很好奇每個樓層裡分別有什麼東西。

電梯停在五樓，門打開後大家都走了出去。

「鬧鬼的貨梯在哪裡？」克萊兒問。

48

前方有一座欄杆，欄杆後方就是一大面淡藍色的菱形玻璃窗。

「在這裡。」麥蒂說，她帶著克萊兒和幽靈轉了個彎。

這層樓沒有書架，只有很多在電腦前工作的踏地人們。

「就是這裡。」麥蒂說，她停在一個高高的柱子前，柱子中間有道關上的金屬門。

克萊兒把耳朵貼在金屬門上說：「我沒有聽到任何聲音。」

「等一下，」麥蒂說：「妳會聽到的。」

女孩和幽靈們都一起盯著金屬門瞧，等待著什麼事發生般。

「那個幽靈現在應該隨時都會發出哭聲。」麥

蒂說，她變換姿勢，調整身體重心繼續等待。

他們又等了一會兒。

終於，小約翰說：「我們在等什麼？直接進去跟那個幽靈說話不就行了嗎？」

「喔，這是個好主意。」克萊兒說。

「什麼好主意？」麥蒂問。

「小約翰想進去小貨梯裡面和幽靈溝通。」克萊兒告訴麥蒂。

「我不確定應不應該這麼做，在沒有獲得邀請的情況下就這樣闖入，」凱斯說：「我們先從外面跟它談談好了？」他飄向金屬門喊道，「你好？有人在嗎？」

沒有回應。

「我們也是幽靈。」小約翰說：「任何幽靈都

會開心看到我們的。」他縮小到可以進去貨梯的車廂裡，然後一頭探進金屬門裡。

　　凱斯不確定幽靈看到他們會不會開心，但他也縮小身體，然後跟著小約翰一起進去了。

　　貨梯裡有兩個層架，凱斯和小約翰兩個層架都查看了，不過裡面什麼東西都沒有。沒有書也沒有其他幽靈，空空如也。

「也許幽靈現在不在家，」小約翰說道，「我們要等等看嗎？」

「不用了，」凱斯說，「我們去跟克萊兒說吧。」他們穿過金屬門接著膨脹回原來的大小。

「裡面沒有幽靈。」小約翰告知克萊兒。

「他們說裡面沒有幽靈。」克萊兒則告訴麥蒂。

「一定有，」麥蒂盯著柱子說：「大家常常在這邊聽到幽靈哭聲。」

「也許他走了。」克萊兒聳聳肩說道。

「也許吧。」麥蒂說道，但是聽起來她並不這麼想。

「或者他根本就不是真的幽靈，」凱斯說：「也許只是有人假扮成幽靈，好讓大家以為圖書館

鬧鬼，而實際上根本沒這回事。」

「踏地人最喜歡做這種事了。」小約翰說。

「尤其是快到萬聖節的時候。」凱斯又說，他替麥蒂感到可惜，因為她不能聽到他和小約翰的對話，不過如果他們發出哭嚎聲，那圖書館裡的每個人都會聽到他們的聲音。

「我們來搜查圖書館其他地方吧，」麥蒂說：「也許他找到新的地方待了。」她帶著克萊兒經過電腦桌，走到一座又窄又高的電扶梯旁。電扶梯後方有一道樓梯，樓梯通往下方一個奇怪的紅色通道。凱斯希望他們不需要走到那裡去。

「我們要不要分頭找？」克萊兒問：「這樣可以在更短的時間內搜查更多地方。」

「不過我沒辦法像妳一樣看到幽靈啊。」麥蒂

提醒克萊兒。

「我不是指妳跟我分頭找，我是說凱斯、小約翰和我應該分頭搜索。」克萊兒說。

「什麼？！」凱斯驚叫，他不喜歡這個點子，一點都不喜歡。

「我知道圖書館裡有些地方我們沒辦法搜索，」克萊兒對麥蒂說：「但是凱斯和小約翰可以，因為其他人看不見他們。」

「對，像是二樓，」麥蒂說：「那是工作人員分類書籍的地方，我們不能進去那裡。我們也不能進去三樓或十一樓的辦公室，只有成為圖書館員，才能進出這些地方。」

「好耶，我想要去搜索那些只有圖書館員才能去的地方！」小約翰自告奮勇地說道。

「好，小約翰，你看那邊。通過欄杆後，」克萊兒指著房間另一頭，「你看到那邊沒有牆壁吧？那邊從三樓一路挑高到樓頂，如果你飄到樓頂，應該就能直接穿過窗戶進入十一樓的辦公室。」

「叫他也搜索九樓和十樓，」麥蒂說道：「我們可以搜索螺旋書庫，而你的另一個幽靈朋友可以下去那裡。」她往下指著樓梯，通往詭異紅色通道的樓梯。

「*下去那裡？！*」凱斯驚叫道。

「他可以從那往下搜查四樓、三樓、二樓和一樓，」麥蒂說：「告訴他搜查二樓時要格外仔細，因為我們不能進去那裡。」

「他聽得到妳說的話。」克萊兒說。

「待會在兒童中心跟妳們會合。」小約翰邊說

邊飄走了。

「好。」克萊兒說。

「等一下！下面有什麼？」凱斯問，他瞥了通道一眼。

「那裡是四樓，只是會議室，沒什麼啦。」克萊兒說完踏上狹窄的電扶梯。

沒什麼啦，對吧？凱斯心想，克萊兒不會騙他的，所以他深呼吸一口氣，然後緩慢地飄向樓梯。

第五章

搜索幽靈

四樓有點可怕，沒有半個對外窗戶，至少在凱斯所飄的地方沒有，也沒有書架。只有一圈沿著樓層而設、燈光幽暗又狹長的走道，所有的牆壁、地板和天花板都塗成神祕的暗紅色。

「有人在嗎？這邊有其他幽靈在嗎？」凱斯進出每間會議室時邊喊邊查看。

他沒有在四樓看到任何幽靈。

凱斯飄到另一道樓梯，然後往下到了三樓。跟四樓比起來，這層樓明亮多了。這層樓的挑高和傾斜的玻璃牆面，一路往上往上往上到圖書館的樓頂。

這層樓也有一個出口，有另一個借書櫃檯、服務檯跟許多書架，還有販賣卡片、包包和很多東西的商店，種植著真實植物的造景區……還有很多讓踏地人坐下來閱讀的位置。

水泥牆上的字標示著**閱讀大廳**，凱斯家鄉的圖書館也有個大廳，不過那只是克萊兒和家人一起使用的客廳，就在圖書館樓上的公寓內。但這個大廳看起來像是給所有人使用的。

凱斯在大廳裡飄盪，他經過標示為青少年書區的地方，然後越過了一面牆，有好幾位圖書館員在

牆後方就著桌子工作著。

但是他沒看到幽靈。

凱斯一路飄到辦公室區的盡頭，接著再回到圖書館的主大廳，他飄過借書櫃檯時看到了往下延伸的亮黃色電扶梯，他順著電扶梯飄下去，以為會通到二樓。

不過現在他卻回到了一樓，他們剛剛走進圖書館的大門就在他的正前方，電梯和兒童中心在他的右手邊，借書櫃檯和還書區在左手邊。**二樓在哪裡？**凱斯滿是疑惑。

嗯，不過他也還沒搜查過這層樓，也許他會在這找到另一個通往二樓的電扶梯。

他往前飄過借書櫃檯和還書區，經過了歷史資料區，然後進入世界語言區。那裡的木質地板上寫

了一些字，但凱斯看不懂，因為文字左右相反，而且其中的一部分是用其他語言寫的。

他進出搜索了小儲藏室、洗手間和兒童中心旁沒有燈光照明的觀眾席。

仍然沒看到任何幽靈，也沒有通往二樓的祕密電扶梯。

凱斯掃視了借書櫃檯和還書區，他盯著把書運送到天花板洞口的奇怪機器。

等一下！麥蒂說書會在二樓分類，也許跟著那台機器可以通往二樓。

凱斯飄了過去，他沿著輸送帶往上 *飄風 啊飄風*，然後穿越了天花板。

啊哈！這是沒來過的地方，這裡一定就是二樓。

凱斯看著好幾條輸送帶上的書，有些書會掉到大箱子裡，有些書會被輸送帶再運送到另一個大箱子裡。**這些書怎麼知道要去哪裡？**凱斯心想。

　　有好幾個踏地人在這裡盯著電腦螢幕看，他們會按下機器上的按鈕；還有人推著手推車進進出出。凱斯跟著其中一個人到了像是卸貨區的地方，那邊有道通往外面大車庫的門，凱斯趕緊往後退遠離那道門，他可不想要被風吹到外面去。

　　他繼續查看二樓其他地方，那裡也沒有幽靈。

＊　＊　＊　＊　＊　＊　＊　＊　＊　＊

　　「嗨，凱斯！」小約翰從兒童中心後方飄進來朝他揮手，「你有找到幽靈嗎？」

　　「沒有，」凱斯回答，「你找到了嗎？」

　　「沒有，但是我找到了神祕的房間，」小約翰

說：「就在那邊。」他指著兩人下方一道芥末黃的傾斜牆。

凱斯剛剛沒注意到這個房間，但是當他飄過去後，他發現這裡其實一點也不神祕。跟家鄉圖書館的密室不一樣，如果踏地人有看到入口，就都可以進到這個房間裡。

「你進去過了嗎？」凱斯問弟弟，「裡面有幽靈嗎？」

「我進去過了，裡面有一個女士唸萬聖節的書給一群踏地小孩聽。但是沒有任何幽靈。」小約翰回答。

幾分鐘後，克萊兒和麥蒂也回來了，她們一走進來，踏地小孩就紛紛上前圍著她們問道，「妳們找到幽靈了嗎？有沒有找到幽靈呢？」

有個小孩直接穿過凱斯的身體跑過去。

「噁！」凱斯全身發顫尖叫，他不喜歡踏地人穿越他身體的感覺。

「沒找到。」克萊兒說，她對凱斯和小約翰挑了挑眉，看看他們兩個有沒有找到其他幽靈，但兩個幽靈也搖了搖頭。

「我們搜查過整棟圖書館了，」克萊兒對其他孩子說，「任何曾經在這現身的幽靈，現在已經不在這裡了。」

「沒錯，」麥蒂說：「所以歡迎大家來萬聖節派對，派對上——」突然有陣奇怪的匡啷聲打斷了她的話。

「那是什麼聲音？」有個女生睜大眼睛問。

「聽起來像是幽靈又回來了。」麗奈特說。

安卓雅用手肘推了一下麗奈特，她說：「小聲點，我們不想嚇著小孩子。」

吱——！嘎！匡噹！

「我猜一定是那個有鏈子的幽靈。」金髮男孩說道。

「媽咪，我好怕。」有個小男孩說道。他張開

雙手，然後有個女人把他抱了起來。

「聽起來是從樓上傳來的，我們一起去看看。」麥蒂對克萊兒說，兩個女孩快步奔向電扶梯，凱斯和小約翰緊跟在後頭。

但是當他們上升到一半時，電扶梯突然停住了，凱斯和小約翰也停留飄在克萊兒和麥蒂後方。

「發生什麼事了？為什麼停下來了？」克萊兒低頭看著腳踩的地方問道。

「我猜一定是幽靈讓電扶梯停止運作，」麥蒂說：「他之前也這樣做過。」

凱斯不知道幽靈要如何辦到這件事，也許多花點時間研究電扶梯他就會知道了。

女孩們大步往上走到電扶梯頂端，兩個幽靈也跟在後方飄。他們到了三樓，看到一群人聚集在大

造景區附近，大家都抬頭看著角度傾斜的玻璃天花板。

「發生什麼事了？」克萊兒站在群眾後方發問道。

匡噹！匡噹！匡噹！

克萊兒前方有個年紀較大的男孩指著說：「他們在洗窗戶。」

兩個幽靈飄上前去看仔細，有兩個踏地男人懸吊在圖書館建築外面。

「對踏地人來說，這看起來好危險喔。」小約翰說。

「對，所以你不准發光喔！」凱斯警告說：「你不會想嚇到他們，害他們掉下去。」

在玻璃窗另一頭的兩個男人身上綁著繩子，手

拿著水管和刮刀，繩子上面的大鉤子匡噹匡噹的碰撞著玻璃，那才是怪聲的來源，而非幽靈。

凱斯和小約翰飄回到克萊兒和麥蒂身邊。

「我猜妳說的沒錯，克萊兒。」她們兩個人走出圍觀群眾時，麥蒂說：「幽靈已經走了，我們是不是該回家了？」

「好啊。」克萊兒說。

凱斯和小約翰開始**縮 小**……**縮 小**……**再縮小**……飄進克萊兒的水壺裡，然後一起離開了圖書館。

「我們可以去一趟派克市場買些花送我媽嗎？」麥蒂問：「上週是她的生日，但我還沒買禮物送她。」

「當然可以，我喜歡逛市場。」克萊兒回答。

他們走下很陡的斜坡，然後通過幾個繁忙的路口，

走進擠滿人的露天市場。

「新鮮的魚喔！」攤子後方的男人叫賣著，他

朝群眾丟了一大袋東西。

有個女人走上前用雙手接住了袋子。

「妳想不想看一尾超級奇怪的魚？」麥蒂問，她抓住克萊兒的手在人潮中蜿蜒前進，凱斯和小約翰則乖乖待在水壺裡。

當她們走到一個玻璃櫃前，麥蒂指著擺在凱斯和小約翰視線正前方的魚，是一條張著血盆大口的大魚，如果魚還是活著的，那條魚看起來大到足以吞下他們兩個幽靈。

魚下方的冰塊中插著小標示，上面寫著「**小心！我是鮟鱇魚！**」

突然間，那條魚毫無預警地跳了起來，猛地朝凱斯和小約翰撲過來，「**啊 啊 啊 啊 啊 啊 啊 啊！**」他們同時驚聲尖叫。

第六章

不是每個人都怕幽靈

克萊兒和麥蒂從鮟鱇魚旁邊跳開時,有個小男孩大叫:「牠還活著!」

「牠死了啦。」站在他身旁年齡較大的男孩說。

「明明就是活的。」小男孩堅持地說道。

那隻鮟鱇魚現在一動也不動地躺在冰塊上,看起來不像是活魚,但是凱斯也不敢肯定。

「下一位客人需要什麼?」櫃檯後面的男人問

道，他穿著白色圍裙，上面的名牌寫著「比爾」。

然後魚又突然跳了起來。

「**啊啊 啊啊 啊啊 啊啊 啊啊**！」

凱斯和小約翰在水壺裡緊緊抱著彼此，而站在玻璃

櫃前的踏地顧客也叫出聲來。

「牠還活著嗎？」那個小男生問比爾。

「什麼東西還活著？」比爾問，「喔，你說這

條魚？在這裡的這條？」他戳了戳魚，「感覺牠已

經死了，你要摸摸看嗎？」

「我才不要！」小男孩驚叫道。

比爾嘴角上揚說道，「或許……它還活著喔！」然後魚又跳了起來，不過這次比爾讓群眾看到有根竿子連在魚的背部，他就是用竿子讓魚跳起來的。

不少人看著開始放聲大笑。

「就跟你說那不是活魚了吧。」站在克萊兒和麥蒂後面的大男孩對小男孩說道，「他只是因為萬聖節故意捉弄大家。」

「就算不是萬聖節期間他也會這樣做，我認為他喜歡嚇唬遊客，」麥蒂說，她和克萊兒兩人離開魚販的櫃檯，「走吧，我們去買花束。」

兩個女孩悠哉地看著一整個長桌的花束，麥蒂

選擇了一束有藍、黃、白三種顏色花朵的花束，接著他們就離開了市場。

他們三步併作兩步地跳過幾個階梯，往下走到了地下轉運站，一台公車就在候車月台的另一頭準備發車。

「那是我們要搭的公車。」麥蒂邊跑向公車邊說，她跟克萊兒兩人跳上車子付了車資，接著在第一排空位坐下，凱斯和小約翰就待在水壺裡。

「你覺得我們會遇到早上看見的幽靈嗎？」公車加速駛過隧道時，小約翰問道。

「我不知道。」凱斯說。

他們睜大眼睛留意，但是這次沒有其他幽靈穿越進公車。

＊　＊　＊　＊　＊　＊　＊　＊　＊

當天晚上，貝絲阿姨煮了義大利麵當晚餐。

「我喜歡義大利麵。」克萊兒說道，動手勺了一大盤到自己的餐盤上，凱斯和小約翰就飄在桌子上方。

「我喜歡麵條，但是不喜歡醬汁，」麥蒂說，

「我吃素，但是媽媽常會在醬汁裡偷加絞肉進去。」

「麥蒂，妳需要蛋白質啊。」貝絲阿姨說。

「就算不吃肉也可以獲取蛋白質，」麥蒂說：「對了，克萊兒，青少年顧問委員會決定要在萬聖節派對中玩恐怖箱，妳覺得如何？我們可以在其中一個箱子放冷盤義大利麵，然後騙孩子們是腸子或是腦。」

「好啊。」克萊兒想到就笑了出來。

貝絲阿姨伸手拿了一片大蒜麵包，「妳們還打算放些什麼東西進去呢？」她問。

「剝皮葡萄，」麥蒂說：「可以當成眼球，沒爆開的爆米花可以充當怪獸牙齒，切片香蕉就當成女巫舌頭。喔！我們還提到可以把箱子放在有洞的

桌子上面，叫其中一個人在桌子下面準備，當孩子把手放進箱子裡時，桌子底下的人就可以伸進洞裡抓住小孩的手！」

貝絲阿姨驚叫了一聲。

「這個就恐怖了。」克萊兒說。

「太恐怖了嗎？」麥蒂問。

「我不曉得，」克萊兒邊說邊擦嘴，「也許……」

「但是有些小孩就是想被嚇，」麥蒂說：「尤其是在萬聖節的時候。」

「喔！我們可以嚇他們，凱斯，你說對不對？」小約翰說：「我們可以在派對上發光跟發出哭嚎聲，我要不要跟麥蒂說這件事？」

「不要，」凱斯說：「不准發光或發出哭嚎

聲，記得嗎？」

「連在萬聖節也不行？」小約翰問。

「在萬聖節也不行。」凱斯說。

「但是你聽到麥蒂說的話了，有些小孩想要被嚇，他們想要在萬聖節上看到真正的、活生生的幽靈。」小約翰爭辯道。

「**不行！**」凱斯再次強調，「到底要說幾次你才懂？**不行就是不行！**」

* * * * * * * * * * *

夜裡，克萊兒和麥蒂熬夜看恐怖電影，凱斯和小約翰也一起跟著看了。

「你看那個倒坐在車上的幽靈，」小約翰指著電視說道：「這才不會真的發生，那個幽靈會被風吹走。」

「就是啊！」凱斯笑著說，「我覺得拍電影的人根本不懂幽靈。克萊兒，妳覺得呢？」

　　但是克萊兒沒有回應，她墜入夢鄉了。

　　凱斯和小約翰陪麥蒂看完了電影，電影結束時麥蒂把電視關了，「克萊兒？」她輕聲地問。

　　克萊兒沒有回應，所以麥蒂為她蓋上毯子，然後起身準備離開。麥蒂走到門口時停下了腳步，她

四處張望後輕聲地問：「幽靈你們還在這邊嗎？」

「我們可以回應嗎？」小約翰問。

「我想可以吧，她已經知道我們的存在了，而且這邊也沒有其他人。」凱斯說。

「*我們⋯⋯還在⋯⋯這裡⋯⋯*」兩個幽靈同時發出哭嚎聲。

麥蒂嘆了口氣，「克萊兒真幸運，有兩個幽靈朋友守護她。」然後她走到門柱邊時說：「我也希望有個幽靈朋友守護我。」

「*我⋯⋯可以⋯⋯當妳的⋯⋯幽靈⋯⋯朋友⋯⋯*」小約翰發出哭嚎聲說道。

「*我⋯⋯也是⋯⋯*」凱斯也跟著哭嚎說道。

「真的嗎？你們都願意嗎？」麥蒂露出笑容，「你們真好，謝謝！」然後麥蒂關燈上樓走回自己的房間了。

他們看著克萊兒睡覺時，小約翰不高興地抱怨道，「凱斯，你已經有個踏地朋友了，你有克萊兒當朋友。」

「所以呢？」凱斯說，「你也是她朋友啊。」

「她比較像是你的朋友，不是我的，」小約翰說：「我也想要自己的踏地朋友。」

「好吧，那你可以當麥蒂的朋友。」凱斯說。

小約翰搖了搖頭，「你已經說可以當她的朋友了，我想要專屬於我的踏地朋友。」

「嗯，也許有天你也會認識這種朋友。」凱斯說，雖然他不知道這有什麼好在意的。

＊ ＊ ＊ ＊ ＊ ＊ ＊ ＊ ＊ ＊ ＊ ＊ ＊

　　隔天早上，麥蒂回來了，「克萊兒，醒醒！」
她搖著克萊兒的肩膀。

　　克萊兒伸伸懶腰打了哈欠，她問：「我看電影
的時候睡著了嗎？」

　　「對，」麥蒂說：「但妳現在該起來了，我們
得去圖書館一趟。」她穿著的黃色上衣正面寫著
「**青少年顧問委員會**」。

「現在嗎？」克萊兒問，她坐起身子說：「我們不是要先做作業？」她瞥向凱斯和小約翰，但是他們也不知道麥蒂為何這麼著急。

　　「媽說我們現在就可以走了，圖書館需要我們的幫忙，」麥蒂說：「幽靈回來了！」

第七章

幽靈的警告

「發生什麼事？」麥蒂開口問道，這時她已經和克萊兒緩緩走進兒童中心。凱斯和小約翰就飄在兩人上方，他們全都驚愕的盯著地上，有上百本或甚至上千本的書散落一地。

「看起來像經歷了一場地震。」克萊兒說。

「這不是地震造成的。」麗奈特說。

「有人闖入圖書館嗎？」麥蒂問。

「我們不這麼認為，」安卓雅回答：「我們沒看到強行闖入的痕跡，也沒有東西遭竊，館內也沒有東西移位，但是不知道為什麼，今天早上大部分的兒童書籍都散落到地上了。」

有個金髮男孩拉住克萊兒的上衣，他說：「一定是幽靈做的，可能就是昨天那個幽靈做的。」

小約翰驚訝地倒抽一口氣問道：「他在說我嗎？他認為是我弄出這一團亂？」

凱斯記得這個男孩，昨天他看見小約翰了，也說曾在圖書館看到有鏈子的幽靈。

「這不是昨天的幽靈做的。」綁著長辮子的女孩說，她昨天也在圖書館，她就是小約翰想要一起玩的女孩。

「克萊兒，妳怎麼知道？」金髮男孩問那名綁

辮子的女孩。

　　凱斯、小約翰和克萊兒同時互看彼此一眼，那個綁辮子的女孩也叫做克萊兒？

　　「因為他是個善良的幽靈。」綁辮子的克萊兒說道。

　　小約翰開心得面露笑容。

「我不認為是幽靈做的。」安卓雅說。

「不要這麼快斷定，」麗奈特說：「警衛讓我們看過昨晚的監視器畫面，我們有看到書從書架上掉落，卻沒看到有人把書本弄下來，如果這不是幽靈做的，那該怎麼解釋這情形呢？」

「我不知道，」安卓雅說：「但一定是因為其

他原因。」

克萊兒推測：「也許犯人知道站在哪裡可以避開監視器的鏡頭？」

「不只是散落在地上的書，」麗奈特指著一排電腦說：「幽靈還嘗試和我們說話，你們看。」

每台電腦螢幕上都大大地閃爍著同樣的訊息：

取消萬聖節派對，不然就等著看吧！署名是**圖書館幽靈。**

麗奈特說道：「這個幽靈聽起來很危險，我們必須取消派對，而且是即刻取消，不然可能會惹來麻煩。」

麥蒂看起來很擔心，她問安卓雅，「我們不會取消派對，對吧？」

安卓雅撓撓額頭，「還不知道，」她的聲音聽

起來很疲累，「首先我們要先整理好這團亂，然後再決定派對要怎麼辦。」

「我們可以幫忙整理，克萊兒，可以吧？」麥蒂說。

「當然沒問題。」克萊兒說，她和麥蒂開始撿起地上的書本。

「請用字母順序排列喔。」一個女士在她們身後把書陸續疊在推車上時說道。

「我們必須找出到底是誰做的。」克萊兒向幽靈低聲說道，「我會先在這邊忙上一陣子，你們能幫忙找線索嗎？」

「C 的克萊兒、K 的凱斯和 LJ 的小約翰偵探前來解決難題嚕！」小約翰興奮地高舉拳頭說道。

LJ 的小約翰偵探？ 凱斯挑了挑眉思索，不

過他不打算爭辯這點。

　　兩個幽靈飄過一個正專心盯著三個電腦螢幕的警衛前方，凱斯回頭看看監視器螢幕上有什麼東西，看起來像是圖書館各處的景象。

　　「凱斯，快點！」小約翰在陰暗的觀眾席朝凱斯大喊。

凱斯飄到了觀眾席，跟著弟弟飄過圖書館三樓的幾排座椅，然後他們來到借書櫃檯和昨天故障的電扶梯，凱斯看到今天的電扶梯正常運作感到很高興。

　　「幽靈，你在哪裡？」小約翰一邊四處張望一邊喊道。

　　「我們還不能確定到底是不是幽靈做的，」凱斯指出，「一個幽靈要推倒那麼多的踏地書本要花很多體力。而且還要敲打鍵盤，在所有電腦螢幕上留下那些警告訊息，耗費的體力就更多了。」

　　「如果不是幽靈做的，會是誰做的呢？」小約翰問。

　　「一個不希望圖書館舉辦萬聖節派對的人。」凱斯回答。

「像是誰？」小約翰問。

「我不知道，也許是麗奈特，」凱斯說道：「你也聽到她說的話了，她想要說服安卓雅取消派對。」

「你覺得圖書館員會故意讓書本散落一地？」小約翰問：「圖書館員不是很愛書嗎？」

「通常是如此。」凱斯說。

「我認為是幽靈做的，」小約翰說：「我們去找小貨梯，看看今天裡面有沒有幽靈。」

「好，」凱斯說，設想所有可能的情況是件好事，「我想小貨梯在五樓。」

他們飄向另一座黃色電扶梯然後沿著電扶梯往上飄啊飄，經過了一面鏤空形狀怪異的牆面，鏤空處的裡頭有三個大大的蛋形頭在說話，有一瞬間凱

斯以為裡面有幽靈，但是有個標示告訴他這是影像藝術。

當他們抵達五樓時，兩個幽靈飄到小貨梯旁，他們縮小身體穿越金屬小門，但是這一次柱子裡卻沒有小貨梯，只有凱斯和小約翰在空蕩蕩的電梯井裡。

「小貨梯在哪裡？」小約翰問。

「噓！」凱斯說，「我有聽到聲音。」

嗚哇————！

他們互看了一眼，「有人在哭！」小約翰低聲說道。

第八章

走失的幽靈

哭聲是從他們上方傳來的，凱斯和小約翰循著聲音往上飄啊飄。他們先把頭探過上方的金屬板，接著進入了貨梯車廂下層的空間裡，他們發現有個小小的幽靈男孩蜷縮在角落哭泣。

「啊哈！」小約翰大喊：「找到你了！」

小幽靈男孩一聽到小約翰的聲音馬上跳了起來，他迅速穿越貨梯後方，從牆壁中消失了。

「小約翰！」凱斯驚叫，「你嚇到他了！」

「我不是故意的，」小約翰說：「我們一起去追他！」

他們穿越貨梯然後四處張望。

凱斯和小約翰膨脹回原本的大小，「他跑去哪裡了？」凱斯問道。他們飄到欄杆旁，查看下方的接待大廳。

「那裡！」小約翰指著在紫色椅子上方盤旋的小幽靈。

「他速度好快！」凱斯說，他們趕緊往下飄到大廳。

小幽靈警戒地往上看了一眼，緊接著頭朝下鑽進地毯。凱斯和小約翰跟著他穿過了二樓的書籍分類區、一樓世界語言區，一直到陰暗的停車場。

那個幽靈穿越停車場的地板，凱斯、小約翰也跟著他。

但是停車場的地板跟其他樓層不一樣，地板的水泥材質厚重且難以通過。

凱斯看不見，也聽不到，而且他覺得自己好像在原地打轉，他開始感到頭暈腦脹，反胃想吐。

他嘗試回頭，但是他不知道自己身在何處，也不知道回頭穿越了多遠。他奮力揮舞雙手、踢動雙腳，他想開口尖叫，但是卻沒能發出任何聲音，如果不快點脫離這裡，他就要吐了！

終於，凱斯彈出地面，回到停車場樓層，他頓時鬆了一口氣。

但是現在，只有他一個人在停車場，四處不見小約翰的蹤影。

* * * * * * * * * *

小約翰在哪裡？小幽靈男孩又在哪裡？他們是不是穿過了水泥地板？是不是跑到了某個地下樓層的房間？

我最好回到水泥地板找他們，凱斯心裡想。

這時有一台車開了過來，雖然車子行駛的速度很慢，但是凱斯不想讓車子穿過他的身體，他往上飄到天花板，等待下方的車子通過，車子過去之後，他再次飄回地板上方。

「豁出去了。」他喃喃自語後深吸一口氣，一頭鑽進水泥地板裡，他揮動雙手用力踢腿，但就跟之前一樣，水泥地板太難穿越了，太厚了。

凱斯辦不到，他不回頭不行，他一直揮動雙手直到回到停車場。

現在該怎麼辦？凱斯心想，他的心跳得好快好快。

當然，小約翰會回來的，凱斯只需要等待他回來就好。

「叮」的一聲，凱斯轉身一看，原來是有位踏地女士搭乘電梯抵達，她步出電梯，然後走到小亭子，她給了裡頭的男人一些錢，男人在一張卡上蓋上戳印後交還給她，接著她走到一台銀色轎車旁，坐進去後便開走了。

凱斯在停車場飄著，小心翼翼地躲開通往外面的斜坡，因為他不想要被風吹離圖書館。

他看著踏地人把車子開進停車場，然後又看著踏地人把車開出去。

有個人從後牆附近的一台深綠色貨車走了下來，**嘿！這個人很眼熟**，凱斯心想。他看著那名男子朝他走過來，是比爾，那個市場的魚販！那個故意讓魚跳起來嚇唬遊客的人。

他來這裡是要做什麼？凱斯好奇地思索。他希望能跟蹤比爾進入圖書館，但是他需要等小約翰回來。

小約翰到底跑去哪裡了？他會回來嗎？

凱斯不知道自己已經等了多久？如果克萊兒和麥蒂準備要離開圖書館了該怎麼辦？克萊兒不知道

凱斯在哪裡，要是她們沒帶著他和小約翰一起離開怎麼辦？

凱斯想知道小約翰能不能聽到他的聲音，他喊道：「小約翰？」接著又大喊了一次，**「小約翰！」**

沒有任何回應。

凱斯又等了一會兒，終於他下定決心先去找克萊兒。

他往天花板飄去，接著從一樓電梯和警衛桌之間的地板上冒了出來。

凱斯定睛一看，看到市場的比爾正在跟警衛聊天！他們看起來非常要好，而且還有說有笑。

「好了，親愛的。」比爾說：「我要去五樓看看能不能用一下電腦。」

警衛說：「等我這邊的事忙完就去找你。」

就在這時，綁辮子的克萊兒穿過了凱斯的身體，她和媽媽走進電梯裡時打了一個冷顫。

「幫我按住電梯，謝謝。」比爾對著她們大聲說道。

凱斯馬上閃過比爾，這樣比爾才不會也跟著穿過他的身體。

「你要下樓嗎？」綁辮子的克萊兒的媽媽從電梯裡問。

「喔，不是，我要上樓。」比爾說，這時旁邊的電梯門打開了，比爾踏進旁邊的電梯裡，然後轉身對警衛揮手道別。

凱斯往兒童中心飄去，現在每本書都回到書架上整齊地擺放好了，而且他的克萊兒就在一台圖書

館的空推車旁跟其他大人聊天。**好險**，凱斯想，

她還在。

　　克萊兒看到凱斯也很開心的樣子，「我要去一

下洗手間。」她跟正在聊天的女士說道，然後示意

凱斯跟著她。

克萊兒推開洗手間的門，然後凱斯跟在她身後飄著，她檢查洗手間內的所有隔間，確定沒有其他人在，等她確定沒有別人後，克萊兒轉向凱斯問道，「發生了什麼事？你們兩個去了好久。」她傾靠在洗手檯上，「小約翰呢？」

　　「我不知道。」凱斯悲嘆一聲，他告訴克萊兒他們是如何找到躲在小貨梯裡的哀傷幽靈、如何追著他飄、如何穿越整個圖書館還有停車場的過程，他告訴她要穿越水泥地板有多困難，水泥地板讓他感到反胃，凱斯也說了他等待著小約翰回來，等了又等，等了又等，等了非常久。

　　「我不該回頭，」凱斯繼續說：「如果我一鼓作氣穿過水泥地板，我就不會跟丟小約翰了。」

　　「凱斯，你無法預料事情會如何，」克萊兒

說，她想拍拍凱斯的背安慰他但是手卻直接穿越他，「不管如何，你還是有可能跟丟他，或自己也跟著迷路，我覺得你決定回頭沒有錯。」

凱斯不確定自己認不認同。

洗手間的門「砰」的一聲發出巨響後打開，然後麥蒂探頭進來，「克萊兒？」她問道：「妳還好嗎？」

克萊兒搖頭，「我們有麻煩了，」她說：「小約翰走失了。」

第九章

凱斯的難題

　　克萊兒、麥蒂和凱斯搭乘電梯來到停車場，

「你最後一次看到他是在哪裡？」克萊兒問道，此

時他們剛好從停車場管理員面前經過，管理員面露

疑惑的看著他們。

　　「我帶妳去看，」凱斯說道，他往前飄帶路，

「大概是在這裡。」

　　「還有其他樓層也是停車場嗎？」克萊兒問。

　　麥蒂搖搖頭，「不，停車場只有一個樓層。」

管理員從收費亭走了出來，「嘿，孩子，」他走向她們時說，「妳們在這裡做什麼？」

「我們在……」麥蒂看了克萊兒一眼，「找遺失的東西。」

克萊兒迅速點點頭附和。

「你們弄丟了什麼？」停車場管理員問。

「一本書，」克萊兒答道，但麥蒂卻同時脫口說出：「她的弟弟。」隨後她們彼此驚訝的互看了一眼。

管理員雙手抱胸。

「今天你有注意到……奇怪的事嗎？」克萊兒問，想要改變話題。

「妳說『奇怪的事』是什麼意思？」管理員雙手插腰問道。

　　「她指的是幽靈，」麥蒂說，克萊兒不自在地

挪了挪腳步，「你有在這邊看過幽靈嗎？」

　　「喔，」停車場管理員回答：「今天沒看到，

通常我上晚班時才會看到他們。圖書館閉館時他們會從底下跑上來。」

「真的嗎？」克萊兒問道。

凱斯無法分辨管理員說的是真話還是假話，只有一種情況會讓這管理員看到幽靈，那就是幽靈們在發光。

「他們從哪裡來？」麥蒂問：「是這個底下嗎？」她用腳跟踏了踏地板。

「我不知道，」管理員說：「可能是西雅圖公立圖書館幽靈總部吧？我只知道他們會在晚上閉館時跑上來，等到圖書館隔天早上開館，他們就又回到下面了。」

怎麼辦到的？凱斯心想，**他們如何一路穿過水泥地板？**

「圖書館底下什麼都沒有。」幾分鐘後，一位圖書館參考館員告訴克萊兒和麥蒂，他的名牌上標示著大衛。

「真的嗎？」麥蒂問道，凱斯在他們頭上方盤旋著。

「真的，」大衛說，「這棟建築物在 2004 年開幕，建造於另一座老舊圖書館的遺址上，舊圖書館則是建造於 1960 年，而它也是建造在另一棟舊圖書館的遺址上。三棟不同的圖書館都建造在同樣的地點上，但是圖書館底下什麼都沒有。」

「你確定嗎？」克萊兒問道，她把手肘倚靠在桌上，「也許其中一棟圖書館在地底下留下了一間密室。」

「像是地下城，」麥蒂說，「實際上，也許一部分的地下城在圖書館的正下方！」當她說**地下城**時，彷彿是個可以隨意進出的地方似的。

「不，地下城在拓荒者廣場下方，」大衛說：「那裡是原本西雅圖大城的位置，妳們知道嗎？」

「不知道。」克萊兒搖搖頭。

大衛往後傾靠在椅背上，「嗯，在十九世紀時，西雅圖城市位於比今日地面還要低一點的地方。」他解釋道，「這是個大問題，因為很容易淹水，山丘上住宅的馬桶用水會直接沖進港灣裡，但是那些髒水會在漲潮時被海水沖回來，以至於街道上都是污水。」

「噁！」克萊兒和麥蒂都做出感到噁心難受的表情。

　「而在 1889 年時，一場大火摧毀了一大半的城市，」大衛繼續說：「當人們重建城市時，決定升高地面，所以每處街角都有梯架，你要從梯架爬下去才能走到其他商店的門口。」

　「你是說全部梯架入口都是開放的嗎？像大坑一樣？」克萊兒說：「有人掉下去過嗎？」

　「曾有十七人掉下去過世了，」大衛說：「有

好一陣子，西雅圖是雙層的城市。然後到了 1907 年，黑死病蔓延，他們把下層的城市全封鎖起來。直到 1960 年左右，大家決定要整理拓荒者廣場後才重新開放。就是所謂的地下城，在拓荒者廣場下方，妳們可以去那邊聽導覽，還有看看那些舊隧道和舊店面，還滿有趣的喔！」

「你怎麼知道圖書館下方沒有包含部份的地下城？」麥蒂問：「拓荒者廣場離這裡又不遠。」

「因為我們在山丘上，拓荒者廣場在山丘下，地下城占地沒有延伸到這麼廣。」大衛說道。然後他認真看了看兩個女孩後說：「妳們對西雅圖歷史感興趣真是讓我欣慰，但是為什麼妳們會感興趣呢？而且妳們又為什麼這麼在意圖書館的下方有什麼呢？」

克萊兒和麥蒂互看一眼，「停車場的人跟我們說幽靈會從地底下跑到圖書館來。」麥蒂說。

大衛笑道，「喔！他在跟妳們開玩笑。」

萬一他不是在開玩笑呢？凱斯心想，萬一他真的看見幽靈從地下冒出來呢？很多人都曾在這棟圖書館裡聽到或看見過幽靈，是除了我和小約翰之外的幽靈。

克萊兒和麥蒂離開參考館員的櫃檯後，麥蒂問：「克萊兒，妳覺得如何？妳覺得是一群幽靈從停車場底下跑到圖書館裡，然後把書架上的書推落到地上的嗎？還是妳覺得有其他的原因？」

「我還不知道，」克萊兒說道：「一切都是個謎團。」

麥蒂拿出手機查看螢幕，她說：「看來這個謎

團我們要改天才能破解了。如果我們不快點回家，

我媽會氣到抓狂的。」

　　「我們還不能走！」凱斯在麥蒂往門口走時大

喊：「小約翰要怎麼辦？」

　　克萊兒頓時停下腳步。

　　「怎麼了？」麥蒂問：「有什麼問題嗎？」

「凱斯不想拋下他弟弟離開。」克萊兒跟麥蒂說道。

「可是我們不能留在這裡，我媽在等我們。」麥蒂說。

「你要今晚獨自留在這裡等小約翰回來嗎？」克萊兒問凱斯。

凱斯搖搖頭，他絕對不想這樣做。

「我們明天就會來接你，」克萊兒承諾道，「而且你還可以觀察晚上到底會不會有幽靈穿過地板跑上來。」

凱斯依然不想留在這裡，不想待一整晚，也不想要獨自一個人。

但要是小約翰真的回來了呢？

「凱斯，這是你的決定，」克萊兒說，「不管

你想怎麼做都沒關係。」

　　這是個難題，但是最後，凱斯還是決定跟克萊兒回去。

第十章

思索……

「我們忘記問安卓雅她會不會取消萬聖節派對了。」克萊兒說道。她和麥蒂站在候車月台等著公車來,凱斯則在克萊兒肩膀上垂掛的水壺裡。

「我沒有忘記要問她這件事,」麥蒂說:「但是有些時候,妳想跟父母要求一些事,而妳知道如果今天跟他們說,他們會拒絕,不過如果明天開口,他們可能會答應。」

克萊兒點點頭。

「我對問安卓雅會不會取消萬聖節派對也有這種感覺。」麥蒂說。

凱斯因為太擔心小約翰，根本忘了萬聖節派對這件事。

「也許明天問比較好，」麥蒂接著說：「只要今晚圖書館沒有其他事發生就好。」

一輛公車停了下來，但是兩個女孩沒有上車，凱斯看著公車開走，駛進了其中一個隧道。

等一下，凱斯心想，視線往隧道裡頭看去。**那座隧道究竟是通往哪裡？**他知道隧道位於好幾棟市區建築物的下方，不過是哪一些建築物呢？

圖書館參考館員大衛告訴克萊兒和麥蒂圖書館地底下什麼都沒有，不過也許他指的意思是沒有建

築物，會不會底下其實有條運輸通道呢？

「嘿，克萊兒！」凱斯從水壺內呼喊：「妳知道這些隧道會通往哪裡嗎？」

如果圖書館底下有條運輸通道，也許幽靈就能穿越水泥牆飄進通道裡。這就表示，小約翰可能就在其中一條通道裡！

「克萊兒！」凱斯這次喊得更大聲了，**「這些隧道通往哪裡？是不是就在圖書館的正下方？」**

但是候車月台上人聲吵雜，克萊兒沒聽到凱斯呼叫她的聲音。

一輛公車停在克萊兒和麥蒂面前，而這次她們走上車了，她們腳步跟蹌地走到公車的最後一排座椅，然後一屁股坐在正中間。

凱斯想到昨天穿越公車的那些幽靈，如果小約翰在通道裡，他也會跟那些幽靈一樣穿越過巴士，如果真是如此，凱斯不想跟小約翰錯身而過，他穿越了克萊兒的水壺。

「你在做什麼？」克萊兒驚訝地問。

「我沒有在做什麼。」麥蒂說。

「我不是指妳。」克萊兒小聲說道，兩個坐在前排的女士轉頭過來看她們。

既然現在克萊兒注意到凱斯了，他問：「妳知道隧道是不是在圖書館下方嗎？如果是，小約翰可能在隧道裡或是其中一輛公車裡。」

「我不知道，」克萊兒壓低聲音說，她轉向表姊，「妳知道隧道是不是位在圖書館下方嗎？」

麥蒂聳聳肩，「我不知道。」她說，一邊拿出

手機，「但是等公車通過隧道後，我們可以用手機查看地圖。」

「妳可以現在看嗎？」凱斯連忙問道，如果隧道就位在圖書館下方的話，他想要趕緊下車尋找他的弟弟。

克萊兒搖搖頭，「在隧道裡沒辦法上網，只有在候車月台才可以。」她說。

凱斯哀號一聲，他可以看到前面出現日照光線，公車快要駛出隧道了，這個時間點，他也沒辦法下車了。

克萊兒和麥蒂兩人同時低頭查看她們的手機，開始搜尋起運輸通道的地圖。

「找到了！」克萊兒說，用手指在手機上滑動放大地圖。

麥蒂傾身靠向克萊兒，凱斯則努力透過兩人之間的空隙看清楚。

「沒有，」麥蒂說：「雖然兩個地方離得很近，但是圖書館在這裡，」她指著克萊兒手機畫面上的一處，「但是運輸通道在這裡，兩者相隔了半個街區。」

看來這個猜測也只能到此為止。

* * * * * * * * * * * * * * *

當天晚上，克萊兒和麥蒂雕刻起南瓜，貝絲阿姨幫克萊兒在一顆南瓜上刻出逗趣表情。麥蒂用模具在另一顆南瓜上挖出洞來，接著刻出別出心裁的圖樣。

克萊兒一開始不知道麥蒂的設計是什麼，直到她完成，克萊兒才看出是個坐在掃帚上的女巫，背

後高掛著滿月。

「看起來很不錯。」克萊兒說。

「謝謝，」麥蒂說，並拿起她的南瓜，「我們去外面點亮南瓜，看看它們在夜裡的樣子。」

凱斯不想被留下來，所以他**縮小**……**縮小**……**縮小**身體穿進克萊兒的水壺，克萊兒抓起水壺與南瓜跟著麥蒂走到前廊。

麥蒂點亮南瓜裡的蠟燭，兩個女孩步下階梯，站在人行道上看著南瓜燈發光。

「它們看起來太棒了！」麥蒂表示。

「很恐怖，但是又不會太恐怖。」克萊兒說。

克萊兒和麥蒂在最低的一級階梯上坐了下來，克萊兒把水壺放在身旁。

「我希望我們可以找到小約翰，」麥蒂說，她

的腿朝人行道伸直。「我希望妳和凱斯不必在找到他以前就回愛荷華。」

凱斯突然間喉頭一緊，他甚至不願去想有這個可能。

「我也希望我們能找到他，」克萊兒說：「我們現在有兩個謎團要解開，是誰造成兒童中心一團亂，還有小約翰到底發生了什麼事。但是我有預感，這兩起案件絕對有關連。」

「這兩個謎團都跟幽靈有關。」麥蒂說。

「對，」克萊兒認同，「所以我們先從頭開始吧，」她手邊沒有筆記本，所以只有口述，「早在我來到西雅圖之前，妳就曾在圖書館聽到小貨梯裡幽靈的哭聲，我們的確找到在小貨梯裡哭泣的幽靈，但是不知道他為什麼在哭。」

「妳的幽靈朋友發現他後，便一路追他追到穿越停車場的地板。」麥蒂接著克萊兒的故事繼續說道，「然後其中一個幽靈走丟了。」

「所以如果我們找到小貨梯的那個幽靈，我們就能找到小約翰。」凱斯說。

「不見得喔！」克萊兒說。

「不見得什麼？」麥蒂問。

「凱斯認為如果我們能找到小貨梯裡的幽靈，就能找到他弟弟。」克萊兒解釋道，「但說不定小約翰在停車場地下的某個地方也追丟了幽靈。」

凱斯發出嘆息。

「那把兒童中心弄得一團亂的事又要怎麼說呢？」麥蒂問：「有可能是幽靈做的，不過我跟妳說，克萊兒，我一直懷疑犯人是麗奈特。」

「麗奈特？」克萊兒看起來有點驚訝，「她是圖書館員，怎麼會把書推下書架呢？」

小約翰在凱斯認為麗奈特是犯人時也問過同樣的問題，但當時他不知道該如何回答。

不過麥蒂知道，她說：「也許她是為了讓安卓雅取消萬聖節派對，在圖書館工作的人就會知道站在哪裡不會被監視器拍到。」

「嗯……」克萊兒若有所思。

「我想到……還有……另一個……嫌犯。」凱斯在水壺內發出哭嚎聲，「還記得……那個……市場的魚販……嗎？……他……今天……也在……圖書館。」

克萊兒舉起水壺，「他為什麼會是嫌犯呢？」

克萊兒問的同時和麥蒂一起看向水壺裡。

「我們……知道……他喜歡……捉弄……大家，」凱斯發出哭嚎聲：「也許他……用……竿子……把書……推倒。」

「就像是他之前用竿子推奇怪的魚，然後讓牠跳起來那樣嗎？」麥蒂問。

「對。」凱斯說。

「那他怎麼知道要站在哪裡才不會出現在監視器畫面裡呢？」克萊兒問道：「他又不在圖書館工作，況且，不是應該會在監視器影片裡看到竿子嗎？」

「要看是用哪種竿子。」麥蒂說。

「那個……警衛……可能會……

告訴他……要站在哪裡。」凱斯發出哭嚎聲，「我看到……他們……在講話……好像是……男女……朋友。」

「真的嗎？」麥蒂說，「這倒有趣了，也許他們是一夥的。」

「為什麼呢？」克萊兒問：「圖書館警衛和市場的魚販為什麼要在兒童中心搗亂呢？」

「我不知道。」麥蒂說，凱斯也想不出有什麼理由。

「但是我也不知道為什麼幽靈會想在兒童中心搗亂。」克萊兒說，她把手肘撐在膝蓋上。

兩個女孩就這樣安靜了好幾分鐘，各自陷入自己的思考中。

然後麥蒂說：「嘿，克萊兒，如果妳看監視器畫面的話，也會看得見幽靈嗎？」

　　克萊兒想了一下子說：「也許可以。」

　　「那我們應該要回到圖書館，然後請警衛給我們看監視器畫面。」麥蒂說。

　　「好主意，」克萊兒說：「不管是不是幽靈，也許我們會發現其他人遺漏的線索。」

　　「聽起來⋯⋯是個⋯⋯好計畫。」凱斯發出哭嚎聲說。

第十一章

地下城

「抱歉，」隔天下午，警衛對克萊兒和麥蒂說：「我不能讓妳們看監視器畫面。」大雨淅瀝嘩啦地打在圖書館窗戶上。

「什麼？為什麼不能看？」克萊兒問道，這時凱斯穿越水壺然後在她身邊*膨——脹*至正常大小。

警衛笑著說：「因為妳們是小孩子啊！」

「那又如何？」麥蒂說道。

「監視器影帶不是玩具。」警衛嚴厲地說道。

凱斯在克萊兒耳邊說：「我去看一下小約翰昨晚有沒有回來，克萊兒，可以嗎？」克萊兒輕輕點了點頭。

好，如果小約翰回來了他會去哪裡呢？ 凱斯心想，**有可能在兒童中心。**

凱斯飄過警衛的頭上，穿越她身後的玻璃牆，「小約翰？」他邊呼喊邊四處張望，「你在嗎？小約翰？」

凱斯沒有看到他的弟弟，他沿著傾斜的矮牆往下飄進昨天小約翰找到的「密室」。

小約翰也不在那裡。

凱斯穿越玻璃牆回到警衛桌時，克萊兒和麥蒂

還在和警衛爭論，他搜索了一樓其他地方，然後沿著可以把書本送回二樓的輸送帶往上飄。

「小約翰？」他再次喊道。

但是小約翰也不在二樓。

凱斯查看過三樓、四樓、五樓、六樓、七樓、八樓、九樓、十樓和十一樓。他在每一層樓搜索時都呼喊著小約翰的名字。

可惜運氣不佳。

他唯一還沒搜索的地方就是停車場樓層了，凱斯一路穿越所有樓層直奔停車場，「小約翰？」他喊道，左右張望。

一片寂靜。

凱斯想過要穿越水泥地板，也許這次他可以繼續前進不會回頭。

但是他不確定穿越水泥地板後能不能找到小約翰，也不知道水泥地板另一頭會是什麼，所以他不認為自己該嘗試。

他回到主要樓層，看看克萊兒和麥蒂是否已經說服警衛讓她們看監視器畫面，但是只剩警衛獨自一人坐在桌前。

克萊兒和麥蒂去哪裡了？

「在這裡。」克萊兒在凱斯要穿越玻璃牆之前喊住了他，凱斯正要前往兒童中心查看，但是他卻看到克萊兒和麥蒂兩人坐在陰暗的觀眾席前排，兩個人的表情看起來就跟凱斯的心情一樣鬱悶。

「警衛不肯讓我們看監視器畫面，」克萊兒說道，「我們甚至想讓安卓雅說服她，但是安卓雅不肯，而且她決定取消萬聖節派對了。」

「真的嗎？是不是發生了什麼事才讓她決定要

取消派對？」凱斯問。

　　克萊兒搖搖頭，「她只提到既然很多小孩子都

說他們不會參加派對，自然而然只能取消了。」

「所以萬聖節派對取消了，然後我們不知道小約翰發生了什麼事，而且外面還下著大雨。」凱斯說道，這趟西雅圖之旅真是多災多難。

「小約翰的事我感到很抱歉。」克萊兒說。

「嗯，謝謝妳。」凱斯說。

「嘿，我剛剛想到一件事。」麥蒂身子一挺突然說道，「有傳言地下城裡有幽靈出沒。地下城導覽之旅離這裡不遠，我們可以去那邊看看，現在不是觀光旺季，所以也許可以趕上下一趟導覽。如果那邊有幽靈，也許他就能幫我們解開一個或是所有謎團。」

「地下城的幽靈要怎麼幫我們的忙呢？」凱斯問，「他怎麼會知道圖書館幽靈的事？」

克萊兒聳聳肩說道，「這值得一試，除非你有

其他更好的提議？」她問凱斯。

不過凱斯沒有更好的提議，所以他**縮小**……**縮小**……**再縮**小身子然後進入了克萊兒的水壺裡。

＊ ＊ ＊ ＊ ＊ ＊ ＊ ＊ ＊ ＊ ＊

地下城導覽之旅是以地面上一間舊髮廊的建築物裡頭為起點，克萊兒和麥蒂坐在一張堅固的木製板凳上，聽著導覽員溫蒂講述早期移民的歷史，凱斯就待在克萊兒的水壺裡。

溫蒂領著遊客走向下著雨的戶外，當他們踏步穿越拓荒者廣場時，有些人撐起了雨傘，一行人橫越街道後在一座樓梯井旁停了下來。

「請小心喔，樓梯可能有點濕滑，」溫蒂步下階梯並打開一道門的鎖時說：「身高比較高的人，

請留意不要撞到頭喔！」

　　克萊兒和麥蒂扶著欄杆跟著隊伍走下階梯。

　　「喔，哇！」克萊兒邊驚呼邊踏進入口，她走過一個狹小的轉角時，水壺敲到了磚牆。

　　凱斯穿越出水壺，然後沿路跟著克萊兒，飄在狹窄的木板走道上。這裡有很多殘破的東西，鏽蝕的老舊工具、木板碎片、砂土灰塵和碎石頭，甚至還有布滿塵土的沙發和破舊不堪的馬桶。

導覽團在一些城市舊照前停下來，聽著溫蒂解說 1800 年代的西雅圖歷史。

凱斯四處張望，他沒看到有其他幽靈在這裡。

溫蒂解說完後就帶著導覽團走上另一座樓梯，凱斯趕在門被打開前趕緊**縮小……縮小……縮小**身體，急忙飄進克萊兒的水壺裡。

導覽結束了嗎？

還沒。當大家走到小巷子時，溫蒂領著所有人來到一個轉角，然後指著一堆鑲在人行道上的紫色方塊。「走過這些紫色方塊時，記得仔細觀察。」她說道。

克萊兒和麥蒂一行人走過紫色方塊區，接著跟隨前面的人走下另一座階梯，轉而進入地下城的另一區。

　　這裡比之前那區的地下城明亮多了，外面的光線穿透天花板的窗戶照射進來，植物從窗戶周圍的泥土生長而出，綠葉在天花板上垂吊著。

　　「這些窗戶是不是很眼熟？」溫蒂指著天花板說道。

大家抬頭往上看，「那不是我們剛剛在外面經過的地方嗎？」有位爸爸問道，他的肩膀上坐著一名小男孩。

「沒錯，」溫蒂說道：「你還認得出那些方塊嗎？」

凱斯穿越克萊兒的水壺靠近方塊細看。

「嘿，你是誰？」後方傳來一個幽靈的聲音。

凱斯和克萊兒兩個人同時轉頭往後看。

一個帶著鐵鍊的幽靈盤旋在他們後方的弧形磚牆入口處。

第十二章

踏地人禁止進入

「**我**是凱斯,你呢?」

「我叫浩爾。」另一個幽靈回答。他看起來比媽媽和爸爸還要年長,但是又不像爺爺和奶奶那樣年邁。

「我想讓大家看看天花板的方框可以讓多少陽光透進來。」溫蒂對著導覽團說明,「有人介意我把燈關掉嗎?這邊沒有人害怕幽靈吧?」

「**嗚──!**」幾個站在後方的大學

生嬉鬧了起來。

浩爾翻了白眼。

溫蒂走到角落按下電燈開關，燈光熄滅了，但是地下走道還是跟溫蒂關燈前一樣明亮。

「哇，快看！」踏地人們驚嘆不已的抬眼環視周遭。

溫蒂再次按下開關把燈打開，然後開始述說另一段舊西雅圖的故事。**她到底知道多少故事啊？**凱斯心想。

「凱斯，你是從哪裡來的？」浩爾問：「我不記得有在這看過你。」

「我跟她一起來的。」凱斯指著克萊兒，她朝浩爾微微點了頭。

「你跟著踏地女孩一起來的？」浩爾問道，「她看得見我們？」

「沒錯。」凱斯回答。

浩爾狐疑的看了克萊兒一眼問道：「她是幽靈獵人嗎？」

「她比較像是幽靈幫手，」凱斯說：「她叫克萊兒，是我的朋友。」凱斯向浩爾簡單介紹了他和克萊兒的關係，然後導覽團在走道上移動時，他告訴浩爾，他們一路追著哀傷的小幽靈飄，在穿越圖書館停車場樓層地板時和小約翰失散了。

「你該不會碰巧看過我弟弟吧？」凱斯問：「或是其他的幽靈？」

「最近這一兩天沒看過，應該說上週以來我就沒看過任何獨自遊蕩的幽靈小孩，嗯⋯⋯除了你之外。」浩爾說道，他飄在凱斯身旁時，身上的鐵鏈叮噹作響。

但是凱斯並不是真的獨自一個人遊蕩，他身邊還有克萊兒。

凱斯仔細看了一眼浩爾手上的鐵鏈，他問：

「嘿，為什麼你身上有鐵鏈？」

浩爾露齒笑了笑，「我喜歡捉弄這些下來參觀的導覽團，你看清楚喔。」他等到大部分的遊客都經過他身旁，麥蒂跟著大家一起走，但是克萊兒殿後走在幽靈們身邊。

「看清楚什麼？」凱斯問浩爾，「你打算做什麼？」

浩爾飄到走在團體後方的大學生身後，「看看……你……身後。」他輕輕地發出哭嚎聲。

當其中兩個人轉頭看時，浩爾就開始發光，在手上搖晃的鏈子也跟著發起光來。

「啊啊啊啊啊啊！」其中一個學生驚聲尖叫。

克萊兒搗住自己的嘴巴。

浩爾在麥蒂和其他人轉身之前馬上停止發光。

「你們看到了嗎？」

「剛剛那是什麼？」

「我不知道！」大學生們此起彼落地說道。

「我警告過你們有幽靈了。」站在導覽團前方的溫蒂說：「現在請大家繼續往前走。」

麥蒂停下腳步等待克萊兒跟上，讓其他人超越她走到前頭。

「你曾經在西雅圖公立圖書館做過一樣的事嗎？」凱斯問道，他和浩爾跟在克萊兒身後飄著。他還記得金髮男孩說過他看過帶著鎖鏈的幽靈。

「偶爾會啦。」浩爾承認道。

「所以你可以從這邊進入圖書館？」凱斯說：「通過地下隧道？」

「當然可以。」浩爾說，他看起來有點訝異凱斯竟然不知道這件事。

「發生了什麼事？」麥蒂問克萊兒。

克萊兒食指抵著唇。

「怎麼辦到的？圖書館員跟我們說圖書館地底下沒有任何通道。」凱斯問浩爾。

浩爾笑了，「圖書館員錯了，」他說：「西雅圖市地底下有各種通道，踏地人只知道一些地下通道，但是並不知道所有通道。有些只有地下城的幽靈才曉得。」

所以也許小約翰和那個幽靈也在地下通道系統的某個地方，凱斯心想，「你能不能告訴我和克萊兒，你是如何從地底下進入圖書館的呢？」他問道，也許他們能在沿途中找到小約翰。

浩爾轉頭看向他身後，「嗯……可是我不想錯過下一個導覽團。」他說：「但是我可以跟你說怎麼去。首先，先回上一個房間，找到標示『**銀行金庫**』的門然後穿越過去，裡面有個通道，跟著通道飄到岔路，進入右邊，到了下一個岔路的時候則飄左邊，會看到通道變窄很多，再飄到一個轉角時，你就已經在圖書館底下了，不費吹灰之力。但是你的踏地朋友不能跟你一起去，踏地人禁止進入那些通道，因為對他們來說太危險了。」

　　凱斯嚥了一口口水，他不想獨自去。

　　「麻煩一下！」溫蒂提高音量說道，她穿過浩爾的身體走到克萊兒和麥蒂身旁，「妳們兩位必須跟團體一起行動。」

　　「抱歉，我們馬上來。」克萊兒說完便跟麥蒂

一起開始往前移動。

　　溫蒂滿意的迅速走到團體前端，克萊兒和麥蒂
的腳步則慢了下來。

　　「妳要跟我解釋一下剛才發生什麼事了嗎？」
麥蒂問克萊兒，「這邊是不是有其他幽靈？」

　　克萊兒微微點了頭。

　　「他有見過凱斯的弟弟嗎？」麥蒂問。

　　「沒有，」克萊兒說：「但是他知道怎麼去圖
書館，他剛才告訴凱斯如何穿過一些只有地下城幽
靈才知道的通道，小約翰和那個小幽靈可能就在那
些通道裡。」她轉向凱斯，「你一定要去查看那些
通道！」

　　「但是……我不想要一個人去。」凱斯說。

　　「你一定要去，」克萊兒說：「我不能穿越牆

壁，而且也沒辦法進入那些通道裡。」

克萊兒說得沒錯，凱斯必須一個人去，他別無選擇。

「祝你好運，」克萊兒說：「我們回頭在圖書館見。」

* * * * * * * * *

先右轉、再左轉，然後飄上進入圖書館，凱斯穿越滿是沙塵的蜘蛛網時，腦中重複想著浩爾跟他說的路徑。

這部分的通道裡，天花板沒有窗戶或是燈泡，入口附近的木板也龜裂得殘破不堪，有些地方的天花板甚至塌陷崩落，但是凱斯仍繼續前進，他穿越一張又一張的蜘蛛網，他不喜歡這種感覺，非常不喜歡。

突然間，他聽到笑聲，幽靈的笑聲。

「哈囉？」凱斯喊道。

「哈囉！」一個幽靈的聲音回應道。

凱斯現在可以看到正前方的幽靈了，一共有三位，兩男一女，他們飄在半空中，就在通道轉彎處附近，他們對著轉角處的某個東西大聲嘲笑著。

「什麼東西這麼好笑啊？」凱斯飄到他們後方

時問道。

一個老幽靈手指了指然後說：「抓鬼獵人。」
語畢，其他幽靈笑得更大聲了。

凱斯看到兩個踏地男人站在通道中央，兩個人
都戴著大大的頭戴式耳機，頭盔上有照明燈，其中
一人拿著怪模怪樣、發出嗶嗶聲的金屬機器；另一
個人則是拿著一個黑盒子，他們正專心地盯著面前

的土牆。

「我以為踏地人禁止進入這些通道。」凱斯說道。

「確實如此，」其中一位男幽靈說，「但是這兩個人還是偷偷溜進來了。」

「你覺得他們會看到什麼東西？」女幽靈問。

「什麼都看不到。」其中一位男幽靈回答，然後三人又大聲笑了起來。

「嗯……你們知道去圖書館的路嗎？」凱斯問三位幽靈，「是這個方向嗎？」他手指發顫地指向抓鬼獵人。

「對，」女幽靈說：「但是別擔心他們，他們不知道你在這裡。」

她說得應該沒錯，就算她說錯了，抓鬼獵人成

功抓住凱斯，還把他放進黑盒子裡，他大概也可以穿越盒子脫逃。

凱斯深吸了一口氣後繼續通往通道前方，朝抓鬼獵人的方向飄去。

「穿過他們……穿過他們……」後方的幽靈們慫恿凱斯。

凱斯飄過抓鬼獵人時，他用懸空的左腳穿過其中一人的頭，身後的幽靈笑得止不住。

就連凱斯自己也不由自主地笑了出來，那些「抓鬼獵人」完全沒發現到他經過。

凱斯繼續前進，到了下一個岔路時，他選擇左邊的通道，這邊的天花板比較低矮，就跟浩爾說的一樣，整個通道越來越窄小，凱斯不得不縮小身體一點才能飄過通道。

忽然間，他停了下來，因為他聽到了什麼聲
音，好像是幽靈的哭泣聲。

第十三章

約定

凱斯沿著通道到了轉角，他看到昨天跟小約翰在圖書館裡一起追著飄的幽靈，就在他面前。

遺憾的是，小約翰並沒有跟他在一起。

那名幽靈男孩屈膝抱著，一邊啜泣。

「你好？」凱斯溫柔地打招呼。他不想要像小約翰那樣嚇到這名幽靈男孩。

幽靈男孩暫停啜泣然後抬頭看凱斯，接著他張

大雙眼準備開始飄走。

「等一下！」凱斯喊道，緊飄在他身後，「拜託別走，請不要離開。」

令人意外的是那名男孩停了下來。

凱斯飄近了一點問道，「你叫什麼名字？我叫凱斯。」

「我叫奧利佛。」男孩說。

「嗨，奧利佛，」凱斯問道：「你為什麼要哭呢？」

奧利佛用手背抹去臉上的淚水，「我被風吹走了。」他抽抽鼻子邊說。

「喔，不，」凱斯說，「從哪裡被吹走的？你的靈靈棲在哪裡？」

奧利佛聳聳肩。

「你是怎麼被吹走的？」凱斯問道。

奧利佛又聳了聳肩，「那是個意外。」

凱斯替奧利佛感到難過，「我也曾經一度跟家人分開過，」他說：「我們之前住在舊校舍裡，但是踏地人拆了校舍，然後大風把我們吹散到不同的地方，但是你知道嗎？我找回所有家人了！」

現在奧利佛感興趣的看著凱斯。

「不幸的是，昨天我弟弟失蹤了。」凱斯繼續說：「你知道他在哪裡嗎？上次我看到他的時候……嗯，我們正追著你。」

「你們這樣做真的很不好。」奧利佛小小聲地說道。

「我們沒有惡意，」凱斯說：「我們只是想知道你為什麼哭，我們想幫你忙。」

「你走失的時候是怎麼找回家人的？」奧利佛問道。

「有個踏地小女孩幫了我。」凱斯說道。他預期奧利佛應該有很多問題想問，每次凱斯告訴其他幽靈克萊兒的事時，其他的幽靈總是有很多疑問。

但是奧利佛想知道關於克萊兒的事只有……「她能幫我找回家人嗎？」

「也許，」凱斯回答，「可以吧……但是我們再過幾天就要離開了，而且……」

「我知道你弟弟發生了什麼事，」奧利佛打斷了凱斯的話，他又抽了一次鼻子，「我可以告訴你……只要你的踏地朋友可以找回我的家人，而且她必須先幫我才行，約定好了？」他伸出一隻手。

萬一克萊兒沒辦法找回奧利佛的家人怎麼辦？凱斯心想。

但是他別無其他選擇，所以他握了奧利佛的手然後說：「就這麼約定。」

「你的踏地朋友現在在哪裡？」奧利佛問。

「她叫克萊兒，」凱斯說道：「她剛才在地下城，但是她跟我約好在圖書館見面。你知道怎麼去圖書館嗎？我們是不是只要往上飄穿越天花板就會

到了？」

「差不多，」奧利佛說道：「但是要花一段時間，屏住呼吸，盡你所能的伸腳用力踢，最後會從停車場樓層探頭出去。」

奧利佛深深吸一口氣，接著就鑽進天花板的土牆了。

凱斯也照著做。

他深呼吸一口氣……然後**用力踢**……**再踢**……在水泥牆裡**用力踢**……**再用力踢**……**踢了又踢，再踢了又踢**……喔！凱斯非常討厭水泥牆，他現在開始覺得**反胃**了。

但是如果像奧利佛這樣的幽靈小男孩都可以穿越過去，凱斯一定也可以的。

踢⋯⋯踢⋯⋯踢⋯⋯再踢⋯⋯

砰！ 頓時間，他已經在停車場了。

奧利佛也在。

「好，所以你的朋友在哪裡？」奧利佛問的同時有台踏地車子駛過他的身體。

凱斯立刻閃躲到一旁，這樣車子才不會也穿過他的身體。「我們會在樓上跟她還有她的表姊見面。」他說。他們其實沒有約好見面的地點在哪裡，但是凱斯有預感克萊兒和麥蒂會在兒童中心。

兩個幽靈往上飄穿越天花板，天花板似乎比預想中的還厚，直到凱斯發現他正在借書櫃檯後方的書架裡，他往旁邊一傾，飄出書架。然後領著奧利佛通過電梯、通過警衛然後穿越玻璃牆，直達兒童中心。

　　凱斯到處張望，他沒有看到克萊兒或麥蒂，「她們很快就會來了。」凱斯跟奧利佛說。

　　兩個幽靈就這樣在兒童中心飄盪。

　　「你前天晚上是不是有來這邊把書推下書架，還在每台電腦螢幕上留下『取消萬聖節派對，不然就等著看吧！』的訊息？」凱斯問。

　　「不是只有我，」奧利佛馬上說：「很多幽靈

也一起幫忙。」

所以真的是幽靈做的，解開一個謎團了。

「為什麼？」凱斯問道：「你們為什麼要這麼做？」

「我們不想要那些踏地小孩子整晚待在這裡。」奧利佛說：「晚上的圖書館本來就是屬於我們的，晚上圖書館歸幽靈使用，白天圖書館給踏地人用，這是約定好的事。」

「什麼約好的事？」凱斯問。

「就是踏地人和幽靈間約好的協議啊。」

「哪個踏地人？哪個幽靈？」凱斯想知道，而且奧利佛為什麼如此重視約定？

「我不知道，」奧利佛說：「協議是很久很久很久，非常久之前就約定好的，現在那些踏地人想

要破壞協議，這樣不公平，我們想要讓他們知道這樣做是不公平的，所以我們才會把書架的書全部推下來。」

「哦。」凱斯回應，他不知道該說什麼，他好奇麥蒂和其他人是否知道這項協議。雖然現在已經沒關係了，因為派對已經取消了，萬聖節時幽靈們可以占有整棟圖書館。

「那電扶梯突然停止運作又是怎麼一回事？」凱斯問：「是你或其他幽靈做的嗎？」

「不是，」奧利佛說：「但是我想那些踏地人一定以為是我們做的，有這種事情發生時，踏地人總是怪到幽靈頭上。」

「沒錯，」凱斯說：「好多踏地人嘴巴說不相信有幽靈這回事，但是發生他們無法解釋的事時，

他們又認為是幽靈做的。」

　　「你確定你的踏地朋友會來嗎？」奧利佛問。

　　「我確定。」凱斯說道，但是自從他和克萊兒在地下城分開後已經過了好一段時間，凱斯歷經千辛萬苦穿越祕密地下通道才來到圖書館，現在克萊兒和麥蒂也差不多該回來了才對吧？

第十四章

一去不復返

「也許他們在圖書館的其他地方」，凱斯說：「我們去找她們吧。」他準備穿越玻璃牆時，他終於看到克萊兒和麥蒂走進圖書館。

「她們來了，」他說：「克萊兒，我在這裡！」凱斯揮手喊道。

克萊兒露齒微笑，「我們需要找個隱密的地方說話，」她小聲地跟麥蒂說，一邊用腳踩踏地板甩

掉雨滴。「凱斯回來了，而且他身邊還有另一名幽靈男孩。不過他不是小約翰或地下城的其他幽靈，我們要不要進去廁所說？」

「妳打算帶幽靈男孩進去女廁？」麥蒂驚訝地問道。

有幾個女孩轉身看向麥蒂和克萊兒。

麥蒂的臉瞬間漲紅，她可能察覺到了這句話聽起來有多怪，她傾身對克萊兒低聲說：「我知道可以說話的地方，」她說：「跟我來。」

她帶著克萊兒和兩個幽靈搭乘電梯到了三樓，他們走過青少年書籍區，經過一些書架，接著走到牆壁和柱子間拉起的黑色封鎖線，麥蒂壓低身子從封鎖線下方通過。

「我們可以進去嗎？」克萊兒問。

「可以，這裡是青少年工作室。」麥蒂說：「青少年志工會在這邊準備專案。」

克萊兒也壓低身子通過封鎖線，凱斯和奧利佛則從上方飄過，現在他們到了一間有桌椅和一排櫃子的小房間。

「這邊也有圖書館員，」麥蒂說道，指著隱約可以從櫃子旁邊看到的那扇門，「所以我們要輕聲細語。」

克萊兒點點頭，「這表示你們不能發出哭嚎聲。」她對幽靈們說道。

「妳會一字不漏的轉述幽靈說的話給我聽吧？對不對？」麥蒂問。

「當然，」克萊兒說，她在桌子旁坐下來，「凱斯，你的朋友是誰？」

「他的名字是奧利佛，」凱斯邊說邊飄近她們，「奧利佛，這是克萊兒和麥蒂。」

「嗨，奧利佛。」克萊兒朝奧利佛揮手招呼道，奧利佛也揮了揮手。

「克萊兒可以看見你也能聽到你說話，但是麥蒂不行。」凱斯告訴奧利佛，「克萊兒，奧利佛就是那天在小貨梯哭泣的幽靈，他跟家人分散了，所以他才會哭泣。他知道小約翰在哪裡，但是他想要妳先幫他找回家人，才會告訴我們小約翰到底在哪裡。」

克萊兒對麥蒂重複所有內容。

凱斯也告訴克萊兒很久之前，一些踏地人和幽靈曾經達成的協議，以至於那些幽靈才會搗亂兒童中心。

克萊兒也重複說給麥蒂聽。

「所以現在我們知道大鬧圖書館的犯人和原因了。」麥蒂說：「但是我們束手無策，派對已經取消了。」

「你們家總共有幾個幽靈呢？」克萊兒問奧利佛，「還有你最後一次看見他們是在哪裡？」

「我家有五個幽靈，」奧利佛說：「我媽媽、爸爸、哥哥歐文、姊姊奧莉維亞跟我。我最後一次看到他們是在家裡，在我意外穿越牆壁之前。」

「你是說，我們只要帶你回家，你就能跟家人團聚了？」克萊兒說道：「這很容易啊。你家在哪裡呢？」

「就在天空教堂旁邊的城堡裡。」奧利佛說。

克萊兒轉向麥蒂，「他住在天空教堂旁的城堡

裡，那是什麼？」

「我不知道。」麥蒂回答。

「那邊有很大很大的螢幕可以播放音樂影片，」奧利佛說，他張開雙臂形容，「那邊堆疊了一大疊的樂器，大部份是吉他，一路從地板疊到又高又寬的天花板。在那邊可以看有關外太空的電影，還可以玩電動遊戲。有很多踏地人會來參觀，我們的靈靈樓有點像是博物館。」

克萊兒對麥蒂轉述了這段話。

「喔，他大概住在『流行文化博物館』裡。」麥蒂說。

「流行文化博物館？」凱斯問。

「就是一間有音樂和科幻主題東西的博物館。」克萊兒回答道。

「對！那就是……我……住……的地方！」奧利佛發出哭嚎聲，同時因為太興奮了所以開始發光。

麥蒂笑了，「奧利佛，那就讓我們帶你回家去吧！」

「我以為你說那個女生看不見也聽不到幽靈說話。」奧利佛說，他指著麥蒂。

「因為你在發光。」凱斯說，努力壓抑著忌妒的心情。

「我有嗎？」奧利佛低頭看著自己的身體，「嘿！我真的在發光！我都不知道自己可以發光。」他得意的笑了。

凱斯嘆了口氣，大家都會發光，除了他以外。

　　「我們要縮小身體才能進去克萊兒的水壺裡，」凱斯告訴奧利佛，「我們會用這個方式把你送回靈靈棲。」

　　凱斯以為奧利佛會問一些關於在踏地女孩水壺裡移動的問題，但是他直接 *縮小……* *縮小……* *再縮小* 身體，然後穿越水壺，彷彿他原本就知道該怎麼做。

然後凱斯也跟著這樣做。

接著克萊兒和麥蒂離開了圖書館，踏進雨中。

＊　＊　＊　＊　＊　＊　＊　＊　＊　＊

比起公立圖書館，流行文化博物館的外觀看起來更奇怪了。從克萊兒的水壺裡面往外看，博物館像是一艘太空船，一部分是淺藍色，一部分是銀色，還是應該是金色？博物館好像不斷變換著顏色，端看你離它距離有多近，半空中還有電車軌道直穿而過。

「那就是我住的地方！」奧利佛說道，他在水壺裡開心地跳上跳下。

凱斯抓住他的手臂，「不要太興奮，如果在我們進去博物館前，你從克萊兒的水壺穿越出去，就

會再被風吹走。」

奧利佛試著讓自己冷靜下來。

克萊兒和麥蒂走進博物館，付了門票。

「好，現在安全了，你可以穿越水壺了。」凱斯說，他和奧利佛穿越水壺接著**膨——脹**身體。

售票櫃檯的女士給了克萊兒和麥蒂一張有所有展覽區的導覽地圖。

「媽媽！爸爸！我回家了！」

奧利佛大喊。但是附近正播放著吵雜的音樂，所以凱斯不確定奧利佛的家人有沒有聽到他的呼喊。

奧利佛飄到一扇大木門前並且穿越過去，那扇門顯然非常厚重，因為麥蒂和克萊兒兩人必須合力才能把它拉開。

凱斯跟著女孩們飄進一處彷彿是魔幻森林的地方，右邊是耀眼的城堡，有個跟凱斯媽媽年紀差不多的女幽靈穿越了天花板附近的城堡圍牆，「奧利佛？」她不可置信地瞪大眼睛說道。

　　有個跟凱斯爸爸年紀差不多的男幽靈跟在她身後穿越牆壁，「兒子，是你嗎？」

　　「**媽媽！爸爸！**」奧利佛飄向父母抱住他們時激動得哭了。

　　「怎麼了？」麥蒂問克萊兒，「妳為什麼這樣笑？他的家人在這裡嗎？」

　　「對。」克萊兒說。

　　奧利佛向父母介紹凱斯、克萊兒和麥蒂。「那個人看不見也聽不到我們，」他指向麥蒂，「但是另一個可以，是他們帶我回家的！」

「你是說踏地女孩幫了你？」奧利佛的媽媽訝異地問道。

「對！」奧利佛說道，他告訴他的父母關於凱斯和克萊兒的一切，還有待在水壺內移動的感覺是什麼。

凱斯想要打斷他的話問小約翰的事，但是他想起自己跟家人重聚時的感覺，所以他願意多給奧利佛一點時間。

「歐文跟奧莉維亞在哪裡？」奧利佛問。

「大概在看音樂影片，」他的爸爸說：「我們去看看他們在不在那。」奧利佛和他的父母穿越一扇又大又重的門。

凱斯設法讓自己保持耐心，他跟著奧利佛和他的父母進入一間又大又吵、有著巨型螢幕的房間，

那邊的螢幕比他家鄉的整棟圖書館還高。

「喔，這裡就是天空教堂，」麥蒂說，她和克萊兒跟著幽靈們走進房間，「妳看到了嗎？導覽地圖的這邊有寫。」

有兩個青少年幽靈，一男一女，飄在大家上方，正看著隆隆作響的影片。

「歐文？奧莉維亞？」奧利佛說。

那兩個幽靈轉頭，「奧利佛？」女幽靈說。

「你回來了！」男幽靈說。

然後又重演了一次擁抱、介紹和解釋奧利佛怎麼找到回家的路。

凱斯的耐心被磨光了，他說：「你說過如果克萊兒找到你的家人，你就會跟我說小約翰在哪裡，」他飄了過去，「她找到你的家人了，所

180

以……我弟弟在哪裡？」

「喔，他跟那個踏地女孩走了。」奧利佛說的

時候，好像覺得這沒什麼大不了。

凱斯疑惑，「哪個踏地女孩？」

「圖書館的那一個。」奧利佛說。

「好，你何不先從頭開始說起。」凱斯說，交叉雙臂。「告訴我小約翰追著你穿越停車場地板時到底發生了什麼事。」

「他抓到我，」奧利佛說道，他的家人圍聚在旁邊，「他告訴我你和克萊兒的事，他說你們會幫我找到家人，所以我們回到圖書館找你們，但是我們處處找不到你們，所以我們回到了停車場，然後他就跟著踏地女孩離開了。他說他一直想找個專屬於他的踏地朋友。」

專屬於他的踏地朋友？喔，凱斯也曾聽小約翰提過這件事。小約翰是不是像他跟克萊兒一樣，也跟踏地女孩成為朋友了？小約翰是不是打算一去不復返呢？

第十五章

西雅圖的萬聖節

奧利佛不太清楚小約翰跟著走的踏地女孩是誰，只知道她跟小約翰同齡，而且她也帶著水壺，這就是為什麼他知道怎麼穿越進水壺裡，他曾看過小約翰這麼做。

「請注意！」廣播喇叭傳來一個聲音，「博物館將於五分鐘後關門。」

「我們得走了。」麥蒂說。

「謝謝你們把我的兒子帶回家。」奧利佛的媽

媽道謝。

凱斯**縮小……縮小……再縮小**，他進入克萊兒的水壺內。克萊兒和麥蒂在昏暗的雨中走回公車隧道。

凱斯該怎麼辦？西雅圖有上百萬個小女孩，他要怎麼找出小約翰跟著的那一個女孩呢？就算他真的找到她跟小約翰，小約翰會願意跟他回家嗎？

凱斯又要怎麼跟爸爸媽媽解釋這一切呢？

＊　＊　＊　＊　＊　＊　＊　＊　＊　＊　＊　＊

當天晚上，克萊兒和麥蒂為了她們的萬聖節裝扮做最後的修改，克萊兒裝扮成美人魚，麥蒂的服裝則是龐克搖滾樂手。既然圖書館不舉辦萬聖節派對了，麥蒂說她打算帶克萊兒去「不給糖就搗蛋」的萬聖夜活動。

凱斯悶悶不樂的在角落盤旋。

「麥蒂，妳的電話響了！」貝絲阿姨從廚房大聲喊道。

麥蒂衝出房間，「來了。」她喊道。

「凱斯，打起精神，」克萊兒說道：「我們不確定小約翰是不是真的不回來了，明天我們去『不給糖就搗蛋』前會再去圖書館一次，也許他就會出現了。」

凱斯對這點存疑，「小約翰說過他一直想要專屬於他的踏地朋友，」他跟克萊兒說道，「聽起來他已經找到了一個。」

麥蒂這時衝回房間。

「我有個好消息，」她說：「是安卓雅打來的電話，她打給有報名參加萬聖節派對的孩子，通知他們派對取消了。結果有一堆媽媽好生氣！當她們聽到是因為報名參加的孩子人數不夠時，她們號召了更多小孩報名，所以萬聖節派對復活了！」

「真的嗎？」克萊兒說。

「是真的，」麥蒂說：「明天早上我們又不能做作業了，這樣才能去圖書館幫安卓雅佈置。」

「那跟地下城幽靈的協議怎麼辦？」凱斯說，然後他想起麥蒂聽不到他的聲音，所以他開始發出哭嚎聲，「*那……和地下城……幽靈……的協議……怎麼辦？他們……會……不高興的……踏*

地人……晚上……不該……出現……在……圖書館。」

克萊兒和麥蒂互看對方，「只有一晚而已。」麥蒂說：「我們就不能只在圖書館待一晚，而且不讓一堆幽靈生氣嗎？」

「如果我們也邀請幽靈來參加的話呢？」克萊兒提議。

「喔，我喜歡這個主意，」麥蒂說：「萬聖節派對上出現真正的幽靈！」

「妳要……如何……邀請……他們？」凱斯繼續發出哭嚎聲，「他們……怎麼……知道……我們……想要……他們……留下來？」

「我們可以擺放一個寫著『**歡迎幽靈！**』的牌子」克萊兒說。

麥蒂露齒笑，「大家會以為我們講得是裝扮，不是真正的幽靈。」然後突然她臉色一沉，「噢，萬一有些小孩子怕幽靈怎麼辦？」

克萊兒聳聳肩，「這是萬聖節耶，有一兩個幽靈現身應該是預料中的事。」

＊ ＊ ＊ ＊ ＊ ＊ ＊ ＊ ＊ ＊ ＊ ＊ ＊

隔天早上，凱斯和克萊兒和麥蒂去了圖書館。當她們在忙著替安卓雅為派對佈置和擺設時，凱斯再度搜索了一次圖書館的十一層樓。

但是哪裡都沒看到小約翰。

派對會在十樓的閱讀室內舉辦，凱斯看著克萊兒和麥蒂把桌椅搬出鋪有地毯的地方，接下來她們

擺好食物和遊戲的桌子，然後在標示牌上寫著：

歡迎參加西雅圖公立圖書館

萬聖節派對！

我們也歡迎貨真價實的幽靈參與！

凱斯看著他的踏地朋友把標示牌掛在十樓、一樓兒童中心外面，以及停車場。

停車場管理員挑起眉，他說：「妳們兩個人知道放上這種標示牌，會引起大麻煩的，對吧？」

「我們不在乎，今天是萬聖節呢！」麥蒂說。

麥蒂和克萊兒很期待萬聖節派對，但是凱斯卻並非如此。他不確定自己能不能再見到弟弟，所以實在很難對派對感到興奮。

＊　＊　＊　＊　＊　＊　＊　＊　＊　＊　＊　＊

快要七點時，小孩們紛紛抵達派對現場，他們

打扮成海盜、吸血鬼、骷髏頭、熱門童書內的角色，甚至還有幽靈。裝扮成幽靈的小孩頭上覆蓋著白床單。**他看起來一點都不像真正的幽靈，**凱斯心想。

真正的幽靈也開始抵達現場了，他們一個接著一個慢慢地飄上樓層，「這是真的嗎？」一位女幽靈問凱斯，「我們真的受邀來參加這場派對？」

克萊兒整理了一下她的美人魚服裝然後走了過來，「沒錯！」她對女幽靈說，「歡迎！這場派對邀請了幽靈和踏地人一起參加！」

「喔耶！」幽靈們高聲歡呼，他們穿過樓層、電梯井還有圖書館一路挑高至十一樓的部份來參加。派對上的幽靈看起來好像比踏地人還多。

但是凱斯最想要看到的幽靈卻不見蹤影。

「我很高興派對如期舉行。」安卓雅幫麥蒂裝混合果汁飲料時說道，她打扮成一隻貓的模樣。

「我也是，」麥蒂回答，「嘿，麗奈特在哪裡呢？」

「我跟她說今晚她可以不用來，」安卓雅說：「她不喜歡大型派對，而且我覺得有我們兩個加上青少年顧問委員會的人手，應該足以應付了。」

「我也是這麼想。」麥蒂說。

電梯鈴「叮」了一聲，一個打扮成骷髏頭的女孩走出來，她是那個綁辮子的克萊兒，手上還提了一個水壺。

凱斯盯著水壺，裡面好像有人？

「嗨，凱斯。」小約翰穿越水壺時說。

「**小約翰！**」凱斯歡呼道，「你回來

了！你真的回來了！」

「哇，凱斯！你看看你！」小約翰目瞪口呆地說道。

麥蒂拉了拉克萊兒的手臂，她說：「那就是妳另一個幽靈朋友，對不對？」

克萊兒點點頭，她微笑看著凱斯，實際上，房間內的每個踏地人都看著凱斯，就像真的看得到凱斯那樣。

凱斯低頭看了自己然後倒抽了一口氣，「」但是他不知道他怎麼辦到或是為什麼他會發光。

他之前也發光過一次，那個時候克萊兒帶他和他的家人探訪安養院的爺爺、奶奶時，住在那邊的小鳥漂漂大聲啼叫嚇到了他，所以凱斯以為發光跟

害怕有關，但他現在並不害怕，他很開心，因為他見到自己的弟弟感到很開心。

「好耶！凱斯！」小約翰在凱斯的亮光漸漸熄滅時驚呼喊道。

凱斯深呼吸一口氣，並且想再發光一次。

他成功了！凱斯感到身體裡有道光線慢慢湧現，然後流瀉出皮膚，就像晃動手臂、縮小、膨脹那樣輕而易舉，他現在學會這項技巧了，他終於會發光了。

所有人都能看見他發光，他趕緊停止。

「剛剛那是什麼？」打扮成海盜的小女孩問，她盯著看，但是現在她已經看不見凱斯了。

「只是一個友善的鄰家圖書館幽靈。」麥蒂說道。

海盜女孩看起來有點擔心，好像不確定該不該相信麥蒂。

「不用擔心，泰莎。」綁辮子的克萊兒說：「她說友善是真的，圖書館的所有幽靈都很友善喔！」

凱斯好奇綁辮子的克萊兒是否知道圖書館現在有多少幽靈，他的克萊兒知道，因為她可以看見他們，但是綁辮子的克萊兒只能在他們發光時看見幽靈。

忽然間，綁辮子的克萊兒看起來有點擔心，「小約翰，你在哪裡？」她問，她瞇著眼睛往水壺看，「你還在裡面嗎？」

「*不……*」小約翰哭嚎說：「*我在……這裡……*」他發光向她揮揮手。

現在所有的踏地人都不可置信的看著小約翰。

綁辮子的克萊兒露出笑容，也對著他揮揮手。

凱斯的克萊兒上前向綁辮子的克萊兒介紹自己，當她們在聊天時，凱斯帶著小約翰遠離人群。

「你跑去哪裡了？」凱斯問道：「你到底在想什麼，竟然跟踏地小女孩回家！你知不知道我有多擔心？」

「你聽起來跟爸爸媽媽一模一樣，凱斯。」小約翰說道。

「你知道如果我沒有帶你一起回家，爸媽會怎麼說嗎？」凱斯問。

「為什麼你會不帶我一起回家？」小約翰問。

「**因為我以為你走丟了！**」凱斯怒吼道。

「我才沒有走丟，」小約翰說：「我才以為你走丟了，我到處找你，所以當我找不到你的時候，我決定跟我的朋友克萊兒一起回家。」

　　「就這樣嗎？」凱斯問：「要是你的朋友克萊兒今晚沒來怎麼辦？你可能再也見不到家人，我們可能會永遠分離，一輩子。」

　　「我知道她今晚會來，」小約翰說：「我看到她報名參加派對呀！」小約翰不知道安卓雅其實曾一度取消派對，如果派對不能舉辦，小約翰就可能永遠不知道怎麼回到凱斯身邊了。

　　然而凱斯了解到，他還是回來了，這才是最重要的事。

　　「小約翰，你會跟我還有克萊兒一起回家，對不對？」凱斯問。

「對，」小約翰回答：「但是我想回來拜訪我的克萊兒，你覺得我們可以回來嗎？」

「你們當然可以回來。」克萊兒說，她走到他們後方，綁辮子的克萊兒也在旁邊。

克萊兒摟著綁辮子的克萊兒，「克萊兒和我會保持聯絡，」她說：「我也會回來探望麥蒂和貝絲阿姨。你跟凱斯可以一起來，小約翰，如果你想的話，有時候也可以跟克萊兒一起回家。」

綁辦子的克萊兒點頭如搗蒜。

有個在她們身後的小女孩好奇地看著，然後問道，「妳們在跟誰說話？」

「我們的幽靈朋友。」綁辮子的克萊兒說，好像這是再自然不過的事。

女孩瞇起眼睛，「這裡真的有幽靈嗎？」她

問：「我以為那是騙人的把戲。」

　　凱斯的克萊兒聳聳肩，「也許是把戲，也許不是，」她說：「妳真的想知道嗎？」

　　「不，其實我不想知道。」那個女孩說完就悄悄溜走了。

　　「萬聖節快樂，凱斯。」克萊兒舉起手來。

　　凱斯用他的幽靈手和克萊兒的踏地手擊掌，

「萬聖節……快樂……克萊兒……」

國家圖書館出版品預行編目資料

鬧鬼圖書館10：地下城幽靈, 萬聖節特別篇 / 桃莉・希列斯塔・巴特勒（Dori Hillestad Butler）作；奧蘿・戴門特（Aurore Damant）繪；范雅婷譯. -- 臺中市：晨星, 2018.10
　　冊；　公分.--（蘋果文庫；102）
譯自：The underground ghosts #10 (The Haunted Library)
ISBN 978-986-443-509-8（第10冊：平裝）

874.59
107015098

蘋果文庫 102

鬧鬼圖書館 10：地下城幽靈
萬聖節特別篇
The Underground Ghosts #10 (The Haunted Library)

作者｜桃莉・希列斯塔・巴特勒（Dori Hillestad Butler）
譯者｜范雅婷
繪者｜奧蘿・戴門特（Aurore Damant）

責任編輯｜呂曉婕
封面設計｜伍迺儀
美術設計｜張蘊方
文字校對｜呂曉婕、陳品璇、吳怡萱
詞彙發想｜亞嘎（踏地人、靈靈棲）、郭庭瑄（靈變）

創辦人｜陳銘民
發行所｜晨星出版有限公司
行政院新聞局局版台業字第2500號
總經銷｜知己圖書股份有限公司
地址｜台北　106台北市大安區辛亥路一段30號9樓
TEL：(02)23672044 / 23672047　FAX：(02)23635741
台中　407台中市西屯區工業30路1號1樓
TEL：(04)23595819　FAX：(04)23595493
E-mail｜service@morningstar.com.tw
晨星網路書店｜www.morningstar.com.tw
法律顧問｜陳思成律師
郵政劃撥｜15060393（知己圖書股份有限公司）
讀者專線｜04-2359-5819#230
印刷｜上好印刷股份有限公司
出版日期｜2018年10月15日
再版日期｜2021年1月15日（二刷）

定價｜新台幣199元
ISBN 978-986-443-509-8